L'ANGLAIS N'EST PAS
UNE LANGUE MAGIQUE

DU MÊME AUTEUR

Mon cheval pour un royaume, Éditions du Jour, 1967 ; Leméac, 1987

Jimmy, Éditions du Jour, 1969 ; Leméac, 1978 ; Babel, 1999

Le cœur de la baleine bleue, Éditions du Jour, 1970 ; Bibliothèque québécoise, 1987

Faites de beaux rêves, L'Actuelle, 1974 ; Bibliothèque québécoise, 1988

Les grandes marées, Leméac, 1978 ; Babel, 1995

Volkswagen blues, Québec-Amérique, 1984 ; Babel, 1998

Le vieux Chagrin, Leméac / Actes Sud, 1989 ; Babel, 1995

La tournée d'automne, Leméac, 1993 ; Babel, 1996

Chat sauvage, Leméac / Actes Sud, 1998 ; Babel, 2000

Les yeux bleus de Mistassini, Leméac / Actes Sud, 2002

La traduction est une histoire d'amour, Leméac / Actes Sud, 2006

JACQUES POULIN

L'ANGLAIS N'EST PAS UNE LANGUE MAGIQUE

roman

LEMÉAC / ACTES SUD

Leméac Éditeur remercie le ministère du Patrimoine canadien, le Conseil des arts du Canada, la Société de développement des entreprises culturelles du Québec (SODEC) et le Programme de crédit d'impôt pour l'édition de livres du Québec (Gestion SODEC) du soutien accordé à son programme de publication.

© LEMÉAC, 2009
ISBN 978-2-7609-2890-9

© ACTES SUD, 2009
pour la France, la Belgique et la Suisse
ISBN 978-2-7427-8345-8

Imprimé au Canada

Cette histoire a été révisée par des lecteurs d'une patience sans limites.

J. P.

*« Lire, presque autant que respirer,
est notre fonction essentielle. »*

Alberto Manguel,
Une histoire de la lecture, p. 20.

1

LA MÉPRISE

Prenez moi, par exemple. Vous ne me connaissez pas du tout. Je descends à pied la rue Saint-Jean, vous êtes assis à la terrasse du Hobbit et vous ne me voyez même pas. Je suis le petit frère de Jack. Même si je n'ai pas étudié la littérature comme lui, je me débrouille très bien dans la vie. Je suis lecteur sur demande, c'est mon métier. Et il m'arrive toutes sortes d'aventures.

Encore hier, le téléphone a sonné. Il était huit heures du soir.

— Allô?

— Vous êtes le lecteur? demanda une voix de femme.

— Oui, c'est moi.

— Puis-je avoir un rendez-vous?...

— Bien sûr.

Elle avait une voix douce, qui chantait sur le mot «rendez-vous», alors je devins très attentif à ce qu'elle disait :

— Vous allez venir à la maison?

— Mais oui, dis-je. Quel jour vous conviendrait?

Il y eut un moment de silence.

— Demain soir, s'il vous plaît.

— Entendu! Disons huit heures?

— C'est bien.

Elle me donna une adresse et un digicode.

La maison se trouvait en bordure des Plaines d'Abraham, rue de Bernières. Je notai les informations dans mon agenda, puis j'attendis. Parfois les clients mentionnent le texte qu'ils veulent entendre, ou le nom de l'auteur. S'ils ne disent rien, je ne fais aucune suggestion : c'est le signe qu'ils aiment les surprises.

La femme gardait le silence. En temps normal, après les salutations d'usage, j'aurais raccroché. Mais cette fois, je voulais entendre de nouveau la petite musique.

— Avez-vous des goûts particuliers? demandai-je.

— Parlez-moi d'amour, dit-elle.

Sur le coup, je restai muet. Il me fallut plusieurs secondes pour me ressaisir et trouver le moyen de prendre congé. Plus tard, je compris mon erreur. La femme à la voix chantante n'avait fait que mentionner le titre d'un livre : le second recueil de nouvelles de monsieur Raymond Carver.

Pendant quelques instants, tout de même, j'avais cru que la phrase m'était adressée. Cette méprise allait laisser des traces dans mon esprit, c'est ce qui arrive quand on est un petit frère.

2

UNE VITRE CASSÉE

L'idée d'être lecteur sur demande, je l'avais déjà en tête avant de m'établir à Québec.

Je suis né dans un village des Cantons-de-l'Est où mon père tenait un magasin général. Ma mère s'occupait des tâches domestiques et, de surcroît, répondait aux clientes qui venaient acheter de la lingerie fine. Maintenant qu'elle n'est plus là, j'ai envie de la décrire par un seul mot : elle était «bienveillante». Je veux dire qu'elle veillait bien sur nous.

Si l'on excepte mon frère Théo, dont nous étions sans nouvelles depuis longtemps, la famille comprenait trois enfants : Jack, ma petite sœur et moi-même. Quand je dis «ma petite sœur», c'est une façon de parler ; en réalité, elle est un peu plus vieille que moi.

Jack fut le premier à quitter la maison. Il rêvait d'être écrivain et décida de s'installer dans la capitale. Ma sœur partit ensuite, disant qu'elle voulait «changer d'air et voir du pays».

Mon père mesurait six pieds deux pouces. Svelte, toujours bien mis, il ramenait ses cheveux en arrière et portait une fine moustache. D'après Jack, il ressemblait à l'ancien acteur Errol Flynn. À mes yeux, il était capable de tout faire. Je l'ai vu agrandir le magasin ainsi que notre logement; en plus, il a fabriqué des comptoirs, des étagères, des meubles et aménagé un terrain de jeux.

J'ai gardé de lui le souvenir d'un homme sensible et gentil, mais sujet à des accès de colère dont la violence me faisait peur. Afin de l'amadouer, j'essayais toujours de lui rendre service. Par exemple, je m'offrais à «ouvrir le magasin» les jours où il avait envie de se lever tard.

Je passais d'abord le balai pour ramasser la poussière et les écales de *pinottes* laissées par les clients de la veille. Ensuite venait le remplissage des tablettes. J'allais chercher, dans le hangar attenant au magasin, divers produits d'épicerie : soupes Aylmer, lait Carnation, petits pois Idéal, miel Old City, thé Salada, cacao Fry, poudre à pâte Magic, marinades Raymond, et autres denrées de ce genre. Lorsque j'empilais les boîtes de conserve sur les tablettes, je mettais un point d'honneur à placer les étiquettes en avant et à former des alignements impeccables.

Cette tâche achevée, j'allumais la radio pour écouter les vieilles chansons qui plaisaient à mes parents. Le poste se trouvait dans un coin du magasin que nous appelions «la fenêtre du moulin». C'est là que ma mère venait s'installer devant une machine à coudre Singer pour faire ses travaux de couture et de reprisage. Elle profitait d'une bonne lumière, car la fenêtre donnait sur la cour, où nous aimions jouer aux cowboys et aux Indiens avec les petits voisins.

Si, encore aujourd'hui, j'ai la tête pleine de chansons, c'est à cause de la radio que j'écoutais le matin en attendant l'arrivée de mon père. Des auteurs comme Leclerc, Brassens, Ferré, Barbara, et des interprètes comme Catherine Sauvage, Juliette Gréco, Cora Vaucaire, Yves Montand, Édith Piaf : voilà ce que j'entendais, en ce temps-là, et les chansons se gravaient dans mon cœur.

Quand il y avait un bruit de pas dans l'escalier, je baissais le volume de la radio. J'espérais de toutes mes forces que mon père allait se rendre compte que j'avais bien travaillé. C'était impossible, à mon avis, de ne pas voir avec quel soin j'avais fait le ménage et rempli les tablettes d'épicerie.

À chaque fois, j'étais déçu. Il ne remarquait rien.

Disons, à sa décharge, qu'il avait beaucoup de soucis. Tenir un magasin général n'était pas une sinécure. Il fallait offrir aux clients des marchandises de toutes sortes : vêtements et chaussures, quincaillerie, pharmacie, fournitures scolaires, aliments en vrac, couvre-planchers, pots de peinture, cigarettes et tabac en feuilles.

Dans le hangar, à l'intention des cultivateurs, nous gardions des sacs de cinquante ou cent livres contenant du sucre, de la cassonade, de la farine, des fèves et de la «moulée à cochons». Nous avions aussi des barils de clous et de lard salé.

À la cave, juchés sur des madriers, se trouvaient des tonneaux ou des barriques de mélasse, d'huile à charbon, de vinaigre, ainsi que des caisses qui contenaient des vitres à tailler sur mesure. C'était un lieu humide et mal éclairé. Il y régnait en permanence une forte odeur, à la fois rance et sucrée, depuis le jour où, dans un moment de distraction, je n'avais pas fermé à temps le bec qui laissait couler l'épaisse mélasse dans la cruche apportée par un client.

La cave était aussi l'endroit où j'allais faire des exercices pour développer mes muscles. J'étais maigre comme un clou. Les gamins du voisinage me flanquaient des volées dans la cour de l'école. Ils patinaient plus vite que moi, en hiver, lorsque nous organisions des parties de hockey sur la rivière gelée. C'est pourquoi je m'étais fabriqué un haltère avec un manche à balai dont les extrémités s'enfonçaient dans des petites bûches d'érable. Je le soulevais péniblement à la hauteur de ma poitrine, puis au-dessus de ma tête, comme dans les illustrations du *Petit Larousse*. Après chaque séance, j'étais convaincu d'avoir développé mes biceps, élargi mes épaules et ma poitrine. Bientôt, j'allais être assez fort pour transporter les gros sacs de céréales qui s'empilaient dans le hangar.

Malheureusement, notre commerce se mit à péricliter. Rongé par l'inquiétude, mon père fit une grave crise cardiaque. Il vendit le magasin. Mes parents déménagèrent à Québec, dans la paroisse Saint-François-d'Assise, où les loyers n'étaient pas chers. Je m'installai avec eux. Quelques semaines plus tard, ne trouvant pas de travail, j'eus l'idée de faire paraître une petite annonce dans le *Journal de Québec* pour offrir mes services comme lecteur sur demande. C'est une appellation que j'aime bien, parce que les initiales font LSD : pour moi, la lecture est une drogue.

Les réponses furent plus nombreuses que prévu. Quittant l'appartement familial, je louai un deux-pièces et demi à la haute-ville, dans la Tour du Faubourg, l'immeuble où demeurait mon frère.

Jack habite au douzième et dernier étage, et moi je suis au premier. C'est normal, il est écrivain. Il a une vue imprenable sur la basse-ville et sur les Laurentides.

Pris par son travail, il ne m'invite pas souvent chez lui. J'ai pourtant le sentiment de lui être indispensable. Il me téléphone à n'importe quelle heure pour que je fouille dans mes souvenirs. On l'appelle toujours «le vieux Jack». En fait, il n'est pas si âgé, mais il a des trous de mémoire. Il est capable de m'appeler au beau milieu de la nuit parce qu'il cherche un mot et qu'il ne peut pas dormir.

Une fois, à deux heures du matin, il m'a demandé si je me souvenais des «mots exacts» que notre père avait utilisés quand nous avions cassé la vitre de la porte du hangar en jouant au hockey dans le magasin.

3

LE MORT DE MONTCALM

Huit heures moins dix.

J'étais en avance. Pour reconnaître les lieux, je roulai très lentement devant la maison de la femme à la voix douce. Ensuite, je garai la Mini Cooper dans la rue qui longe le parc Jeanne-d'Arc et j'attendis l'heure du rendez-vous. Les jardiniers avaient installé les fleurs dans les plates-bandes. En ce début de mai, il faisait encore jour.

À l'heure convenue, je sortis de l'auto et me dirigeai vers la rue de Bernières. Dans la mallette que je tenais à la main, j'apportais le recueil de Carver et, par précaution, deux autres livres du même auteur. Cette fois, je regardai plus attentivement la maison. Elle était en briques, à trois étages ; le dernier, percé d'une lucarne, semblait être un grenier.

Dans l'entrée, il y avait deux boîtes aux lettres, sur lesquelles n'étaient inscrits que les chiffres 1 et 2. La femme ne m'avait pas dit que la maison abritait plusieurs personnes. Après un moment d'hésitation, je tapai le digicode. La porte des étages s'ouvrit et je me trouvai devant un escalier à ma droite et un logement à ma gauche. Ce dernier, d'après une plaque fixée sur le cadre de la porte, était occupé par un architecte. Alors je m'engageai dans l'escalier.

Quand j'arrivai sur le palier, mon cœur se mit à battre plus vite. En face de moi se trouvait un appartement dont la porte était entrouverte. Je toussotai pour annoncer ma présence. Aucun bruit ne venait de l'intérieur. Il y avait un bouton de sonnette, mais il était recouvert d'un morceau de ruban adhésif. Je toquai trois fois sur le cadre de la porte. Trois petits coups, et pourtant le bruit résonna très fort. J'eus le sentiment que tout le monde m'avait entendu dans la maison et que les gens tendaient l'oreille pour écouter la suite.

Rien ne bougeait dans l'appartement. Posant ma mallette sur le sol, je m'assis dans l'escalier. La femme était probablement sortie pour faire une course de dernière minute. Pourquoi avait-elle laissé la porte ouverte ?... Voulait-elle m'inviter à entrer et à m'asseoir en attendant son retour ? Mais non, elle aurait laissé un petit mot.

Ma montre indiquait huit heures quinze. Je décidai d'attendre quelques minutes, mais il valait mieux le faire dehors plutôt que de rester là, devant une porte ouverte, comme un intrus ou un voleur. Avant de partir, je frappai encore trois coups sur le cadre de la porte – un peu plus fort que la première fois. Il n'y eut pas de réponse, alors je repris ma mallette et sortis.

La tête pleine de questions, je m'assis sur un banc à la lisière des Plaines d'Abraham. Tout en surveillant l'entrée de la maison, je pris le recueil de Carver dans la mallette et commençai à lire la nouvelle dont la femme avait parlé. Pour réchauffer ma gorge, je lisais à voix haute, m'efforçant de placer les intonations aux bons endroits, de garder un rythme de lecture constant et de ne pas rater les liaisons. Je suis assez maniaque. Toutes les dix secondes, je jetais un coup d'œil à la maison.

La femme ne revenait pas.

Le jour déclinait et la lumière était moins bonne. Je fermai le livre. Comme toutes les fois où j'hésitais sur la conduite à suivre, je me demandai ce que mon frère Jack aurait fait à ma place. Sa détermination était un exemple pour moi.

Au téléphone, il m'avait expliqué qu'il travaillait très fort sur un roman dont le thème était la place du français en Amérique. Il avait étudié à fond la défaite des Plaines d'Abraham. La bataille, qui n'avait duré qu'une demi-heure, s'était déroulée à quelques mètres derrière moi. Le marquis de Montcalm avait été tué, le Canada était devenu un páys britannique et, depuis lors, nous avions tous la mort dans l'âme : c'étaient les mots de mon frère.

Huit heures cinquante. Plus le temps passait, plus il devenait évident que la femme n'était pas allée faire une course. Elle avait eu un accident, elle était tombée et gisait par terre, sans connaissance. Immédiatement, je retournai à la maison et grimpai l'escalier. Et cette fois, j'entrai dans l'appartement.

Une grande pièce de séjour. Il n'y avait personne. La première chose que je notai, ce fut le désordre. Des livres traînaient ici et là, sur une table à café, sur un divan, et même sur le tapis. La plupart étaient ouverts. Curieusement, je ne voyais que des dictionnaires ou des encyclopédies. Sur les rayons de la bibliothèque, je reconnus les six volumes rouges du *Grand Robert de la langue française*.

Tout à coup, je m'avisai que je n'avais même pas demandé s'il y avait quelqu'un. Je me hâtai de le faire, d'une voix tremblante qui me déplut. Personne ne répondit. Ne pouvant oublier l'image de la femme étendue par terre, je me dirigeai vers un couloir.

Du côté droit, je trouvai une porte grande ouverte : c'était la cuisine. Une odeur de vrai café émanait de la pièce. Il y en avait une tasse à peine entamée sur la table. Plus loin, dans le couloir, je vis deux autres portes, fermées toutes les deux. En poussant la première, j'arrivai dans une salle de bains. Je retenais mon souffle à cause de l'image que j'avais en tête. Mais je me trompais, la pièce était vide.

La dernière porte donnait sur une chambre à coucher. Je restai sur le seuil, prêt à déguerpir au moindre bruit venant du hall d'entrée ou de l'appartement d'en bas. Un rideau de dentelle couvrait la fenêtre. Un peignoir était étendu sur le pied du lit. Il y avait des fleurs séchées et l'air était imprégné d'une odeur de lavande.

Personne n'était là, mais j'avais le sentiment de commettre une indiscrétion. Alors je battis en retraite et sortis de la maison aussi vite que possible.

En quittant ma place de stationnement, je vis dans le rétroviseur que la vieille Mini Cooper laissait des traces de rouille sur l'asphalte. L'absence de la femme m'avait attristé. De retour chez moi, j'espérais trouver un message sur le répondeur, mais il n'y en avait pas.

4

LIMOILOU ET *LE PONEY ROUGE*

Ce samedi-là, comme d'habitude, je me rendis à l'île d'Orléans. J'allais faire la lecture à Limoilou, une très jeune fille en convalescence. Elle habitait un chalet avec une amie de mon frère qui s'appelait Marine.

La vie est compliquée. Bien que Marine soit de mon âge, ce n'est pas moi qu'elle aime : elle est amoureuse de mon frère Jack. D'origine irlandaise, elle a une belle tignasse rousse, les yeux verts et un caractère emporté ; on ne peut pas lui dire n'importe quoi.

Marine et mon frère ont pris la jeune Limoilou sous leur protection. En réalité, c'est Marine qui s'en occupe : Jack écrit son roman ; il vit dans un autre monde.

En route vers le chalet, je me remémorais les conseils que Marine m'avait donnés à l'occasion de ma première visite. Quand tu sors du pont de l'île, tu montes la grosse côte et tu tournes à gauche. Ne va pas trop vite si tu veux apercevoir la grange de Félix et l'enseigne sur laquelle on le voit de dos, courbé sur sa guitare. Ensuite tu traverses un village. Trois kilomètres plus loin, tu empruntes un petit chemin de terre qui se glisse entre une maison rectangulaire de couleur beige et un poteau de téléphone. Le chemin descend en pente douce pour commencer. Appuie quand même sur les freins et prends le temps de regarder les fleurs qui poussent en bordure des champs cultivés. Tu vas passer devant un bouleau solitaire qui sert de relais aux oiseaux, comme les hôtels accueillent les voyageurs. À l'endroit où la pente devient abrupte, il y a un peuplier faux-tremble dont les feuilles s'agitent à la moindre brise avec un bruit de papier froissé. Ensuite, la côte est encore plus raide et tu découvres le chalet situé dans une érablière et, juste à côté, l'étang et le quai sur pilotis.

Je garai mon auto derrière la Jeep de Marine. Les deux filles se promenaient au bord de l'étang avec les chats : le petit chat noir et la vieille chatte nommée Chaloupe à cause de son gros ventre qui se balance.

Marine me fit un signe de la main, puis s'assit au bout du quai. Limoilou vint à ma rencontre, suivie du chat noir qui courait la queue en l'air. Elle portait une longue robe à fleurs et marchait pieds nus dans l'herbe. Quand elle me tendit la main, je fis semblant de ne pas voir la cicatrice qu'elle avait au poignet.

Limoilou allait un peu mieux, sur le plan physique en tout cas. Avec Marine, pendant l'hiver, elle avait patiné sur l'étang et parcouru à skis les sentiers avoisinant le chalet. Elle avait repris des forces. De mon côté, je lui lisais des textes depuis le printemps, c'est-à-dire depuis que la neige avait fondu sur le chemin de terre. Lorsque celui-ci était impraticable à cause de la boue, Marine venait me chercher avec sa Jeep. Elle accordait une grande importance à mes visites. Une fois, dans un moment d'exaltation, elle avait dit que les séances de lecture étaient une forme de thérapie.

La jeune fille prit le chat noir dans ses bras, poussa la porte du chalet et je la suivis à l'intérieur. J'étais un lecteur professionnel, et pas seulement un petit frère, alors il n'était pas question d'être ému ou d'avoir le trac. Dans le solarium, je posai ma mallette sur la table de travail de Marine, qui était encombrée de dictionnaires français-anglais. L'amie de mon frère exerçait le métier de traductrice; elle achevait la version anglaise de son dernier roman.

Limoilou s'installa sur une chaise longue. Le chat noir avait couru à la cuisine et on l'entendait manger des croquettes. La fille était silencieuse comme d'habitude. Elle m'avait dit bonjour en me serrant la main, et c'est tout. Je pris mon livre et m'assis dans une berceuse, puis j'attendis le retour du chat. Quand il grimpa sur le ventre de Limoilou, je commençai ma lecture. C'était, entre elle et moi, un rite ou quelque chose de ce genre.

Je lui lisais *Le poney rouge*, de monsieur Steinbeck. Ce livre racontait l'histoire d'un petit garçon «rêveur et solitaire», nommé Jody, qui vivait avec ses parents dans un ranch de la Californie. Son père lui avait fait cadeau d'un poney. Il essayait de le dresser avec l'aide de Billy Buck, un homme d'écurie.

C'est moi qui avais choisi ce roman, puisque Limoilou n'avait pas indiqué ses préférences. Mon choix s'appuyait sur le fait qu'elle aimait la compagnie des chevaux : j'avais eu l'occasion de le constater dès ma première visite. Ce jour-là, en me faisant voir les alentours, les deux filles m'avaient entraîné dans un sentier tortueux et encombré de grosses pierres qui s'ouvrait derrière le chalet et permettait de descendre une falaise. En bas, nous avions débouché sur plusieurs champs séparés par des rangées de salicaires. L'un des champs, entouré d'une clôture électrique, servait de pâturage à un groupe d'anciens chevaux de course. Limoilou s'était glissée entre deux fils. Elle avait caressé le museau des chevaux, leur avait donné des petits fruits à manger au creux de sa main. D'après Marine, elle prenait le temps de leur raconter les années malheureuses qu'elle avait vécues au cours de sa brève existence.

Dans le livre de Steinbeck, le jeune Jody n'avait pas la vie facile lui non plus. Comme le disait l'auteur, «son père était un homme strict en matière de discipline». Avant de partir pour l'école, le petit garçon de dix ans devait nourrir les poules et le bétail, remplir le coffre à bois et s'occuper du poney, c'est-à-dire l'étriller, le brosser, lui tresser la crinière et commencer les séances de dressage.

Tout en lisant le texte, qui était plein de détails concrets, j'essayais de voir les réactions de Limoilou. Ses doigts caressaient le chat noir sous le menton. Avec ses cheveux très courts, ses yeux cernés, ses pieds minces et délicats et la petite veine bleue qui battait à sa tempe gauche, elle était à la fois belle et émouvante.

Les yeux mi-clos, elle regardait vaguement dehors, en direction de Marine. Toutes les filles m'intimident, même les plus jeunes, et je n'aurais pas été capable de lui faire la lecture d'une voix professionnelle si son visage avait été tourné vers moi. En plus, dans mon histoire, le poney attrapait froid après avoir passé une nuit sous la pluie; les choses prenaient une mauvaise tournure et j'ignorais comment Limoilou allait réagir.

Quand j'étais petit, une servante venait parfois aider ma mère à faire le ménage. Elle s'appelait Marie-Ange. Dans la cuisine, après le souper, elle nous racontait les aventures très anciennes de Ti-Jean et des Géants. C'étaient des histoires qui me faisaient très peur. Je sais à présent qu'elles me donnaient aussi du courage et m'aidaient à vivre.

5

LES QUATRE SIMONE

Le goût de la lecture me vient de loin.

L'année où il résolut d'agrandir la maison, mon père construisit deux bibliothèques, une à chaque bout d'une galerie vitrée, inondée de soleil, qui s'étendait au-dessus du magasin. Il n'y avait pas de meilleur endroit pour lire, mais on y trouvait surtout des revues telles que *Life, Paris-Match* et *Sélection du Reader's Digest.*

Les vrais livres, je les découvris plus tard, lorsque je devins l'assistant d'un oncle qui faisait une tournée en bibliobus. C'était un original que tout le monde appelait «le Chauffeur». Il avait conçu le projet d'apporter de la lecture aux gens des régions éloignées qui n'avaient pas accès à une bibliothèque municipale.

Son véhicule était un ancien camion de laitier qu'il avait aménagé de ses propres mains. Les étagères étaient légèrement inclinées vers l'arrière pour éviter que les livres ne dégringolent au cours des déplacements. Et comme elles étaient montées sur des rails, on n'avait qu'à les pousser si on voulait se servir du coin-cuisine ou du lit escamotable. Le bibliobus était également un camping-car.

Mon oncle avait besoin d'un adjoint parce qu'il entreprenait son plus long périple de l'été. Il s'en allait dans Charlevoix et sur la Côte-Nord, puis il traversait le fleuve à Sept-Îles et poursuivait son voyage en faisant le tour de la Gaspésie.

Quand nous arrivions dans un village, le Chauffeur installait le bibliobus à l'endroit le plus en vue, c'est-à-dire devant l'église ou sur le quai. J'ouvrais les deux portes arrière et j'abaissais le marchepied. Si les lecteurs tardaient à venir, j'avais l'autorisation de flâner aux alentours. Parfois je prenais un Tintin et j'allais le lire au bord du fleuve. Les autres livres ne m'attiraient pas beaucoup, sauf ceux qui parlaient de sport. J'avais quinze ans.

Un jour que nous discutions de nos lectures, le Chauffeur attira mon attention sur une petite section consacrée au domaine sportif. Ce n'était pas la saison du hockey, mais je choisis un livre qui parlait d'Henri Richard. Je l'emportai sur la grève.

Henri Richard était un petit frère comme moi. Quand il avait commencé sa carrière avec les Canadiens de Montréal, l'équipe était dominée depuis longtemps par son frère Maurice. Celui-ci détenait des records et ses exploits étaient légendaires. On racontait qu'il avait marqué un but en traînant un adversaire sur son dos. Et un jour qu'il s'était éreinté à déménager des meubles, il avait obtenu cinq buts et trois aides, bien qu'il eût prévenu ses coéquipiers : «Les gars, ne comptez pas trop sur moi, ce soir.»

Sans le vouloir, Maurice Richard était devenu l'idole des Canadiens français, le sauveur de la nation, celui qui pouvait nous venger de la défaite des Plaines d'Abraham. Ses prouesses ne m'étaient connues que par les récits de mon père et par des documentaires en noir et blanc. Il ne m'en fallait pas davantage, toutefois, pour savoir que le jeune Henri n'avait aucune chance d'égaler les résultats de son illustre frère. Il était dans la même situation que moi par rapport à Jack.

D'après mon livre, Henri Richard était plus petit et plus léger que Maurice. Il ne parlait pas l'anglais et ne disait pas un mot dans le vestiaire. Mais, sur la patinoire, il était très rapide. Il avait son propre style : il marquait un grand nombre de buts en s'appuyant de tout son poids sur l'adversaire qui tentait de le mettre en échec. Ses succès me réchauffaient le cœur et, par moments, j'avais l'impression de grandir à travers lui.

Longtemps, je ne me suis intéressé qu'aux sports. Mon travail au bibliobus, cependant, m'a permis de faire une découverte. En observant les lecteurs, ou plutôt les lectrices, j'ai bien vu que leur comportement à l'égard des livres sortait de l'ordinaire. Je pense en particulier à une femme qui s'appelait Simone.

Depuis deux jours, nous étions à Rivière-au-Tonnerre, sur la Côte-Nord. Le Chauffeur avait garé le bibliobus à l'entrée du quai. Le temps était au beau fixe et l'air sec permettait de voir loin. Mon oncle se proposait d'aller souper à Havre-Saint-Pierre, le village qui, à cette époque, se trouvait au bout de la route. Mais il retardait le départ : Simone n'était pas arrivée.

Le Chauffeur n'arrêtait pas de regarder sa montre. Pour passer le temps, il descendit sur la grève, enleva ses chaussures et fit quelques pas dans le sable. Je le regardais, assis à l'arrière du bibliobus, les jambes ballantes. D'habitude, c'était le contraire : il demeurait dans le véhicule, et moi je me promenais au bord de l'eau. Mais ce jour-là, je voulais partir au plus vite, car j'étais curieux de voir le fameux «bout de la route».

Enfin, Simone arriva en vélo, la jupe retroussée, les genoux lançant des éclairs à chaque coup de pédale. Elle me salua et s'excusa d'être en retard. Mon oncle m'avait dit deux choses à son sujet. Elle portait le prénom de trois femmes que sa mère admirait : Simone de Beauvoir, Simone Signoret et Simonne Chartrand. Et elle était si belle qu'on ne pouvait l'oublier une fois qu'on l'avait vue.

Son vélo était un CCM rose à pneus ballons avec un panier accroché au guidon. Elle sortit du panier une pile de volumes qu'elle déposa entre mes bras. Le Chauffeur accourut, tout essoufflé, tenant encore ses chaussures à la main. Il lui donna le bras pour l'aider à monter dans le bibliobus. Ensuite, tous les deux, nous fûmes incapables de la quitter des yeux.

Elle se déplaçait lentement devant les étagères. Au début, elle ne touchait pas aux livres, elle les regardait seulement, les mains dans le dos. Parfois elle mettait un genou en terre pour examiner les rayons du bas, et je cessais de respirer à cause de sa jupe courte.

Au bout d'un moment, elle s'arrêta devant un livre. Elle lui caressa le dos avec son doigt, pencha la tête de côté pour lire le titre, puis elle le prit dans ses mains. Et, je le jure, pendant qu'elle lisait la première page, une lueur brillait dans ses yeux. Une vraie lueur, et non pas une sorte de jet lumineux comme on en voit dans les films de science-fiction. Tout son visage était éclairé.

Plus tard, au retour du voyage, j'ai fait le lien avec le soleil qui inondait la galerie vitrée où je m'installais pour lire, chez nous, à la campagne. Dès lors, pour retrouver cette lumière, j'ai lu tous les livres qui me tombaient sous la main.

6

COMME UN VOLEUR

Je me réveillai en sursaut. Il était cinq heures du matin. J'avais rêvé à la mystérieuse femme de la rue de Bernières.

Dans mon rêve, c'était l'aube. La femme sortait de son appartement sans se soucier des livres éparpillés et sans fermer la porte. Elle était vêtue d'une longue robe en mousseline avec un capuchon relevé. On la voyait de dos, elle descendait l'escalier sans faire de bruit, glissant sur les marches comme un fantôme. On n'apercevait ni ses pieds, ni ses mains, ni le reste de son corps.

La femme arrivait sur les Plaines d'Abraham.

Des nappes de brouillard se dispersaient dans les premiers rayons du soleil. On distinguait des soldats couverts de sang qui gisaient dans l'herbe, agitant les bras pour obtenir de l'aide. Elle passait au milieu des blessés sans les voir et semblait indifférente à leurs souffrances. Quelques instants plus tard, elle s'engageait dans un sentier qui descendait la falaise. Parvenue à l'anse au Foulon, elle montait dans une barque, puis dans un grand voilier qui arborait un pavillon fleurdelisé.

Mon rêve se figeait sur une dernière image : la femme était à la proue du voilier, et celui-ci, doublant la pointe de l'île d'Orléans, mettait le cap sur le golfe et la vieille Europe.

Subjugué par cette vision, je fus incapable de me rendormir. Je m'assis dans mon lit. J'entendais encore le gémissement des blessés, mais c'était seulement le vent qui sifflait à la fenêtre de ma chambre. Je me levai et avalai un plat de corn flakes avec des fraises que j'avais fait décongeler la veille. Ensuite je me préparai un café, mais au lieu de le boire, j'écrivis deux phrases sur un bout de papier que je glissai dans la poche de mon coupe-vent. Puis je descendis au sous-sol et sortis de l'immeuble au volant de la Mini Cooper.

Cette fois, je me garai près du musée des Beaux-Arts. Je remontai la rue de Bernières en marchant très lentement. Il y avait du brouillard sur les Plaines, mais rien de comparable à ce que j'avais vu en rêve. Je croisai deux joggers qui couraient côte à côte.

J'étais presque certain que la femme, après une absence plus longue que prévu, avait regagné son domicile. La note que j'avais rédigée et que je me proposais de glisser sous sa porte, disait tout simplement :

Chère Madame,
   Je n'ai pas eu le plaisir de faire votre connaissance, avant-hier, quand je suis passé chez vous à l'heure convenue. Appelez-moi si vous souhaitez toujours obtenir une séance de lecture.

                          Francis

À cause de l'heure matinale, je ne fus pas étonné de n'entendre aucun bruit dans la maison. En montant l'escalier, je tâchai d'éviter les marches qui craquaient. Sur le palier, je constatai avec surprise que la porte de l'appartement était restée entrouverte.

Je demeurai interdit. La seule chose que j'avais dans l'esprit, c'était une chanson, celle qui dit : «Si toi aussi tu m'abandonnes» et qui revient d'une manière obsédante dans le film *Le train sifflera trois fois.* J'étais inquiet et un peu triste. Comment était-il possible qu'un appartement reste ouvert pendant deux jours ou presque sans que personne s'en aperçoive ?... Est-ce que la femme avait été enlevée ?... Fallait-il prévenir la police ?

Ne trouvant aucune réponse à ces questions, j'entrai sans frapper. J'enlevai mes sandales pour ne pas réveiller le voisin d'en bas et je fis quelques pas dans le séjour. Rien n'avait changé. Le même désordre. Des livres qui traînaient ici et là, uniquement des dictionnaires et des encyclopédies. Comme j'étais moins énervé que la fois précédente, il me parut étrange qu'une personne s'intéressant aux nouvelles de Carver ne possède aucune œuvre littéraire dans sa bibliothèque.

À la cuisine, je retrouvai la tasse de café sur la table. Dans la chambre à coucher, le peignoir était resté sur le pied du lit, et l'odeur de lavande imprégnait toujours la pièce.

Quand j'entrai dans la salle de bains, où je n'avais jeté qu'un rapide coup d'œil la première fois, je vis qu'il y avait une carte géographique sur un mur, derrière la porte. En m'approchant, je constatai qu'il s'agissait d'un plan de Paris. Je l'avais déjà vu en feuilletant mon *Petit Larousse*.

Au bas du plan, fixée avec deux punaises, je remarquai une coupure de journal. Je la parcourus des yeux. C'était un extrait du journal *Le Monde* intitulé «La pensée française». L'auteur de l'article faisait observer que la carte de Paris, séparée en deux parties distinctes par la Seine, reproduisait assez fidèlement les deux hémisphères du cerveau humain.

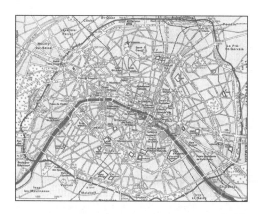

Sur le rebord de la baignoire et sur une tablette située au-dessus des robinets s'étendait une série de petits pots, de flacons et de fioles qui variaient par la forme et la couleur. Il s'en dégageait un parfum que je n'avais pas senti lors de ma première visite. En un instant, un souvenir très ancien me revint en mémoire.

Allongé sur le lit de mes parents, la tête entre les mains, je regardais ma mère. J'avais peut-être cinq ans. Elle était installée devant sa coiffeuse et portait une combinaison blanche à bretelles qui lui laissait les bras nus. Les yeux fixés sur un miroir à trois volets, elle se fardait les joues, se mettait du rouge à lèvres, se parfumait. L'odeur qui se répandait dans la chambre était enivrante, je trouvais ma mère très belle et je n'aurais cédé ma place pour rien au monde.

Dans la salle de bains, un craquement me ramena sur terre. Il semblait venir de la pièce du haut qui m'avait parue, peut-être à tort, inhabitée. Aussitôt, je pris la fuite. En repassant par le séjour, toutefois, je m'arrêtai net : un petit cahier se trouvait sur la table du téléphone. Je regardai de plus près. C'était un carnet d'adresses, ouvert à la lettre «L». Je vis mon nom, «Le Lecteur», et mon numéro de téléphone.

Je me mis à réfléchir. Si l'absence de la mystérieuse femme se prolongeait et que la police était prévenue, la première chose que ferait un inspecteur en entrant dans l'appartement, ce serait de prendre le carnet. Il poserait certainement des questions aux personnes dont le nom y figurait. Que faisiez-vous ce jour-là ? Avez-vous des témoins ? Quels sont vos rapports avec cette femme ?...

Pas de temps à perdre, je mis le carnet dans ma poche et quittai la maison comme un voleur.

7

DES NUAGES QUI S'EFFILOCHENT

Mon frère Jack est un maniaque du travail. Son roman avance et, peu à peu, engloutit sa vie.

Du haut de la Tour, il m'appelle de plus en plus souvent pour que je lui rafraîchisse la mémoire. Par exemple, il oublie les dates des principaux événements qui jalonnent l'histoire du Canada et des États-Unis. Je dresse des listes et des tableaux afin qu'il les affiche sur les murs de son appartement.

Le soir, au moment de s'endormir, il ne peut s'empêcher de penser à la dernière phrase qu'il a laissée en suspens et, tout à coup, les mots arrivent. Il se lève en maugréant. Pour éviter de se réveiller complètement, il n'allume pas la lumière. Il se dirige à tâtons vers la table de la cuisine, prenant garde de ne pas trébucher sur l'aspirateur qui traîne toujours dans le couloir. Assis au bord d'une chaise, il griffonne quelque chose sur un bout de papier ou au verso d'une enveloppe. Ensuite il retourne se coucher.

Parfois, c'est à peine s'il a reposé sa tête sur l'oreiller que les mots reviennent : à présent, ils sont groupés, ils forment des phrases qui s'enchaînent les unes aux autres. Une chance pareille n'arrive pas souvent et il faut en profiter. Alors il se relève, allume sa lampe de bureau et passe la nuit à travailler.

C'est au téléphone, un samedi matin, que Jack me racontait les petites misères de son métier. Du même souffle, il me demanda si je voulais bien le conduire à l'île d'Orléans. Il n'avait pas vu Marine et Limoilou depuis trois semaines. J'acceptai puisque, de toute manière, je devais m'y rendre pour faire la lecture à Limoilou. À ce propos, il voulait me prêter un ouvrage dont il s'était servi pour son roman, et il me conseillait d'en lire des extraits à sa jeune protégée. C'était un texte de Lewis et Clark, intitulé *Far West,* que notre sœur lui avait offert au retour d'un voyage. Le cadeau était accompagné d'une carte postale où elle avait écrit : «Mon cœur est avec toi sur les routes de l'Amérique française.»

Je conduisais la Mini Cooper en direction de l'île au moment où Jack me rapporta cette phrase. Elle me rendit jaloux, car j'étais très attaché à celle que j'appelais toujours «Petite sœur». Pour ne pas le laisser voir, je demandai à mon frère de me parler du texte de Lewis et Clark. Je ne savais rien de ces deux hommes, sinon qu'ils étaient des explorateurs et qu'ils avaient atteint le Pacifique à une époque où l'on connaissait très mal les vastes espaces de l'Ouest américain.

Jack eut la gentillesse de ne pas me noyer sous un flot de renseignements. Il se contenta de préciser trois points : l'expédition de Lewis et Clark, imaginée par le président Jefferson, avait été menée de 1804 à 1806 ; elle visait à découvrir une voie fluviale qui débouchait sur le Pacifique ; elle avait commencé au lendemain de la cession de la Louisiane aux États-Unis.

En prononçant le mot «Louisiane», mon frère écarta les deux bras. Nous roulions sur l'autoroute, non loin de la bretelle qui donne accès au pont de l'île. Comme la matinée était tiède, nous avions baissé les vitres de la Mini Cooper. Le bras droit de Jack sortait largement par la fenêtre, et sa main gauche, qui s'agitait devant mon visage, m'obstruait la vue. Au moment où je m'engageais sur le pont, il me fallut donner un coup de volant à droite pour éviter un camion qui venait en sens inverse. Mon frère ne s'aperçut de rien. Je ne l'avais jamais vu aussi énervé. Il gesticulait en m'expliquant que la Louisiane du XVIIIe siècle occupait presque la moitié du territoire américain : elle s'étendait des Grands Lacs au golfe du Mexique, et du Mississippi aux Rocheuses.

Cette immense région appartenait à la France. Elle avait été explorée par des gens que je connaissais, Marquette et Jolliet, puis Cavelier de La Salle, et par d'autres qui m'étaient inconnus, comme Henri de Tonty et Louis Hennepin. Pour éviter une plus longue énumération, je demandai à mon frère s'il croyait vraiment que l'œuvre de Lewis et Clark pouvait intéresser la jeune Limoilou.

Il cessa d'agiter ses bras et les croisa sur sa poitrine.

— Je vais te répondre, dit-il, mais j'ai encore deux ou trois choses à raconter.

— Tu peux y aller.

— Quand les Français ont débarqué en Amérique, ils ne se sont pas contentés de bâtir des fortifications pour se mettre à l'abri du froid et des Iroquois. Ils ont appris les langues des autochtones. Pour faire la traite des fourrures, ils ont voyagé en canot et se sont mariés avec des Indiennes. Surtout, ils ont exploré le pays, ils l'ont parcouru en tous sens. Je veux dire, ils aimaient l'aventure. Ils aimaient la liberté.

Sur ce mot, qui fit résonner dans ma tête les premières mesures d'une chanson de Georges Moustaki, mon frère se tut. Je devinai qu'il n'était plus là, qu'il était retourné dans son roman. Par respect, je gardai moi aussi le silence. Puis, comme nous approchions du chemin de terre, je lui rappelai doucement qu'il n'avait pas répondu à ma question.

— Excuse-moi, dit-il. La dernière fois que je suis allé au chalet, j'ai parlé de mon roman avec Marine. La jeune Limoilou était avec nous et elle a posé un tas de questions sur les Indiens et les Français. Tu vas voir, ils occupent une place importante dans l'œuvre de Lewis et Clark. Au fait, il s'agit d'un journal de voyage, j'oubliais de le mentionner.

Ce n'était pas la seule chose qu'il oubliait. Je n'ai rien dit parce que je suis un petit frère, mais il ne tenait pas compte du fait que je préparais toujours mes séances de lecture avec le plus grand soin. J'étais lecteur professionnel. Il n'était pas question que je me présente chez quelqu'un sans avoir acquis une bonne maîtrise du texte.

Nous étions arrivés. Jack fouilla dans un sac d'épicerie qui contenait ses affaires et en sortit deux livres.

— Je ne t'ai pas dit que le journal comprenait deux volumes : un pour l'aller et l'autre pour le retour.

— C'est pas grave, marmonnai-je.

Marine et Limoilou étaient dans le chalet. Elles nous regardaient par la grande fenêtre de la cuisine. Avant de les rejoindre, mon frère ajouta qu'il avait mis dans ses affaires une carte de la Louisiane pour que Limoilou puisse suivre le trajet des explorateurs.

Je restai seul dans l'auto. Ravalant ma mauvaise humeur, j'ouvris le premier volume. Sur la couverture, on voyait un Sioux en costume de guerre, un tomahawk à la main. J'appuyai le livre sur le bas du volant et je parcourus la préface, essayant d'en apprendre le plus possible sur les préparatifs de l'expédition. Puis je commençai la lecture du journal. Je lisais à voix haute en essayant de faire ressortir la sonorité des mots et le rythme des phrases. En même temps, je cherchais des passages qui pouvaient éveiller l'intérêt de Limoilou.

Par intervalles, je levais la tête pour voir si l'on commençait à s'inquiéter de mon retard. Ma lecture avançait. J'avais souligné plusieurs paragraphes et j'étais assez fier de moi. Tout à coup, Jack et Marine sortirent du chalet sans me regarder. Mon frère tenait sous le bras un sac de couchage bleu foncé. Précédés de la vieille Chaloupe et serrés l'un contre l'autre, ils descendirent l'étroit sentier bordé de fleurs qui longeait l'étang.

J'allais me remettre à lire, quand je m'aperçus que Limoilou m'observait derrière la porte-moustiquaire du solarium.

Elle m'attendait.

Je fermai le volume en mettant mon index à la page que j'avais l'intention de lui lire pour commencer. La première chose que je remarquai, dans le chalet, ce fut la carte de la Louisiane que mon frère avait affichée près de la porte donnant sur la cuisine. Elle était impressionnante :

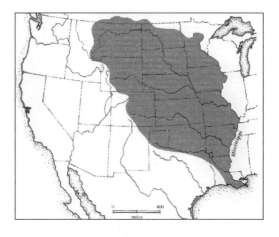

Quand nous fûmes bien installés tous les deux, elle sur sa chaise longue et moi dans la berceuse, j'attendis quelques instants afin de respecter notre rituel : le recueillement, les yeux fermés, le chat noir sur son ventre. Mais cette fois, elle déclara d'une voix résolue :

— Je suis prête !

Alors, en détachant les mots, je lus le début du journal :

Tous les préparatifs terminés, nous avons levé le camp ce lundi 14 mai 1804. Nous sommes à l'embouchure de la rivière Dubois, un petit cours d'eau qui se jette dans le Mississippi, en face de l'embouchure du Missouri. J'ai décidé de pousser jusqu'à Saint Charles, un village français situé à sept lieues au bord du Missouri, et d'attendre en cet endroit que le capitaine Lewis, retenu à Saint Louis par quelques affaires, puisse nous rejoindre.

Départ à 4 h de l'après-midi, en présence d'une foule nombreuse. Poussés par une brise légère, nous avons remonté le Missouri jusqu'à la pointe supérieure de la première île. Une forte pluie dans l'après-midi.

Je fis une pause.

C'était toujours pareil quand je commençais une nouvelle histoire : je me demandais quel effet les mots allaient produire. Parfois ils construisaient des ponts, parfois des murs, on ne pouvait pas savoir.

Limoilou s'agitait sur sa chaise.

— Dans ton histoire, dit-elle, il y a une personne qui raconte. Tu peux me dire qui c'est?

— C'est le capitaine Clark, dis-je.

— Ah oui, ils sont deux explorateurs, Lewis et Clark. Ton frère Jack me l'a dit quand il a posé l'affiche.

— Qu'est-ce qu'il t'a dit, à part ça?

— Qu'ils vont remonter le Missouri et se rendre au Pacifique, et qu'ils vont vivre toutes sortes d'aventures, surtout à cause des Français et des Indiens.

— Est-ce qu'il t'a parlé d'une Indienne de la tribu des Shoshones?

— Non.

— Elle s'appelle la Femme-Oiseau. Je pense que tu vas beaucoup l'aimer.

— Ah oui?

Elle m'adressa un sourire timide. Un peu comme le soleil qu'on entrevoit, l'espace d'une seconde, derrière des nuages qui s'effilochent. C'était la première fois qu'elle posait des questions et que son visage s'éclairait. Du coup, mon âme de lecteur se trouva plus légère et je fis du bon travail jusqu'à la fin de la séance.

Il était près de midi. Je voulais saluer Jack et Marine avant de partir. En me dirigeant vers l'étang, je les aperçus de loin. Ils s'étaient enfouis dans le sac de couchage, et celui-ci, roulant sur lui-même, descendait la pente douce menant à la jonction des ruisseaux que nous appelions la «Croisée des Murmures». Pour la deuxième fois de la journée, je sentis entrer dans mon cœur une pointe de jalousie, et ce sentiment l'emporta sur le bien-être que mon travail m'avait procuré.

Le soleil ne brille pas très longtemps pour les petits frères.

8

LA PANTHÈRE NOIRE

Ma clientèle ne se limitait pas à Limoilou. Elle s'élargissait de plus en plus, je suis fier de le dire. En outre, il m'arrivait de faire des lectures publiques, à la radio, dans les écoles ou devant des cercles littéraires.

Je lisais parfois les romans de mon frère, car il refusait d'en assurer la promotion. Il valait mieux, selon lui, que le livre occupe l'avant-scène et que l'auteur reste en arrière, le plus loin possible. Il ne se considérait pas comme un homme public, et l'idée d'être reconnu dans la rue lui faisait horreur. Non seulement il ne donnait aucune entrevue, mais il fulminait contre les écrivains qui, dans les médias, expliquaient le sens de leurs textes et discouraient sur leur enfance, leur orientation sexuelle et leurs recettes de cuisine. Il aimait beaucoup les derniers mots du texte écrit par Hemingway à l'intention du jury qui lui accordait le prix Nobel.

I have spoken too long for a writer.
A writer should write what he has to
say and not speak it.
Again I thank you.

Jack avait une tête de mule et je
ne tentais même pas de lui faire comprendre que son attitude était une forme
d'autodestruction. Je m'efforçais plutôt de
contribuer modestement à la diffusion de
ses livres, soit en les lisant à quelqu'un,
soit en les «oubliant» dans des endroits
publics.

L'un de mes clients, à cette époque,
était un enfant malade. J'allais le voir à
l'hôpital Laval, où il attendait une opération
qui devait corriger une malformation
cardiaque. Il avait douze ans. C'est sa
mère qui avait trouvé mon annonce dans
le *Journal de Québec*.

Lui faire la lecture m'obligeait à
prendre quelques précautions. Comme
une valve de son cœur ne fonctionnait
pas normalement, on voulait éviter qu'il
n'attrape un microbe. À l'exemple des
médecins et des infirmières, je devais
porter un masque en coton, une longue
blouse verte et des chaussons en papier.
Son nom était Alexandre, mais tout le
monde l'appelait Alex, ce qui, de toute
évidence, convenait mieux à sa petite
taille. Il était seul dans une chambre.

Sa mère avait décoré les murs avec des dessins faits par ses frères et sœurs. Un ours en peluche, auquel il manquait un œil, était assis sur la tablette d'une fenêtre.

Quand j'entrais dans la pièce, ma gorge se nouait. Des électrodes étaient fixées à la poitrine et aux poignets de l'enfant. Au-dessus de sa tête, un écran permettait de suivre les battements de son cœur. L'appareil émettait une sorte de grésillement que j'oubliais aussitôt que j'avais commencé à lire.

Je lisais *Le tigre et sa panthère,* un roman de la collection «Signes de piste» que j'avais découvert, quand j'étais petit, dans le bibliobus de mon oncle. L'auteur était monsieur Guy de Larigaudie. Son livre racontait l'histoire d'un jeune scout, dont le totem était «Le Tigre», qui entreprenait un voyage en bateau vers l'Inde et les pays de l'Extrême-Orient. À la suite d'un naufrage, il se retrouvait seul sur une plage déserte. La nuit tombait. Il entendait le rugissement d'une bête sauvage.

En levant les yeux de mon texte, je vois que l'enfant malade s'est calé dans ses oreillers et qu'il a remonté les couvertures jusqu'à son cou. Je regarde l'écran avec inquiétude. Autant que je puisse en juger, le rythme cardiaque est normal, alors je poursuis ma lecture.

Le Tigre estime plus prudent de dormir sur la grève. Il choisit un endroit à mi-chemin entre le début de la végétation et la ligne de la plus haute marée. Pour se protéger des fauves qui pourraient sortir de la jungle, il a recours à un stratagème connu de quelques aventuriers. Il va chercher de longues tiges de bambou à l'orée de la forêt et, avec son couteau de scout, il les coupe en tronçons dont il taille une extrémité en pointe très acérée. Un à un, il enfonce ces pieux dans le sable, la pointe en l'air, de manière à former plusieurs cercles concentriques autour de lui. Ensuite il se couche sur le côté, creuse un petit trou pour sa hanche et s'endort sous les étoiles.

Le grésillement de l'appareil vient d'augmenter. Je lève la tête une deuxième fois, mais il n'y a rien de grave : le jeune Alex s'est mis lui aussi sur le côté. Il me regarde un moment, puis ferme les yeux. Tout est normal.

Dans mon histoire, cependant, les événements se précipitent. Le scout est réveillé en sursaut par un rugissement qui déchire la nuit. Il se redresse et saisit son couteau, prêt à vendre chèrement sa vie. À la lueur de la lune, il aperçoit, tout près de lui, juste à la périphérie des cercles de bambou, un fauve qui se tord de douleur. En bondissant vers sa proie, la bête s'est empalée les pattes sur les tiges pointues. C'est une panthère noire. Elle le regarde, les crocs menaçants, et il y a de la colère dans ses yeux dorés.

La porte de la chambre s'ouvre. L'infirmière entre, le bas du visage masqué. L'électrocardiographe est relié au poste de surveillance, alors elle vient voir ce qui se passe. Je n'avais pas noté que le rythme cardiaque s'était accéléré. Calmement et sans dire un mot, elle examine l'appareil, vérifie que les électrodes sont bien en place. Ensuite, elle remonte les oreillers et, penchée au-dessus de l'enfant, elle l'aide à se remettre sur le dos tandis qu'il passe un bras autour de son cou. Je peux voir sur l'écran que son cœur bat plus vite à ce moment-là. C'est ce qui m'arriverait moi aussi, j'en suis certain, si j'étais à sa place.

L'aube se lève sur la plage.

Le Tigre s'est éloigné des cercles concentriques et de la panthère. Il marche au bord de la mer et réfléchit. Brusquement, il se décide. Il pénètre dans la jungle, trouve une source et rapporte de l'eau fraîche dans une coque de noix. La panthère se met à gronder quand il s'approche. Elle se ramasse sur elle-même, mais ses pattes déchirées ne lui permettent pas de bondir. Avec des gestes lents et des paroles apaisantes, le scout dépose l'eau près d'elle, ensuite il s'éloigne. La panthère commence à boire. Petit à petit, elle accepte sa présence et il peut soigner ses blessures.

La panthère noire se laisse apprivoiser et j'espère secrètement que, de la même façon, mon jeune client sera capable d'apprivoiser sa maladie.

9

LA BALANÇOIRE DE JARDIN

Un jour, pendant les vacances d'été, mon père me suggéra de construire une cabane d'oiseaux. Il pleuvait depuis la veille et je me tournais les pouces.

Mon père descendit à la cave et je le suivis sans rien dire. L'odeur de la mélasse était plus forte que d'ordinaire à cause de la chaleur humide. Il prit une scie à chantourner, un marteau, des clous et une demi-feuille de contreplaqué, et posa ces objets sur le comptoir qui était accoté au mur, entre deux fenêtres couvertes de toiles d'araignées. Quand je lui demandai si je devais m'inspirer d'un modèle, il me conseilla de choisir celui qui se trouvait quelque part dans ma tête.

D'abord, je dessinai sur le contreplaqué les morceaux qui allaient devenir le plancher et les murs de la cabane. Je les découpai, puis les assemblai avec des clous. Avant d'installer le mur de façade, il fallait que je trouve le moyen de percer une ouverture pour le passage des oiseaux. C'est ce que je cherchais à faire lorsque je vis par une fenêtre que la pluie avait cessé. Ma sœur était dehors, elle avait pris place dans la grande balançoire de jardin qui pouvait accueillir toute la famille ou presque. J'abandonnai mon travail pour aller la rejoindre.

Quand je fus assis sur le siège qui lui faisait face, elle se mit à me parler des pays qu'elle allait visiter plus tard; elle en connaissait déjà les principaux sites, étant une fervente lectrice des *National Geographic* de notre père. L'air était doux, ma sœur clignait des yeux à cause du soleil, le va-et-vient de la balançoire me répétait que les vacances allaient durer toujours. Il n'en fallait pas davantage pour que j'oublie le travail entrepris à la cave.

Le lendemain, c'était à mon tour d'ouvrir le magasin. Lorsqu'il vint me remplacer, vers neuf heures trente, mon père descendit à la cave sans me dire bonjour et, bien entendu, sans faire le moindre commentaire à propos du ménage et du remplissage des tablettes. Au bout de quelques secondes, il m'appela. Juste à sa manière de prononcer mon nom, je devinai que j'étais en faute. Il allait me parler de la cabane d'oiseaux.

En descendant l'escalier, je vis tout de suite que je ne me trompais pas. Campé devant le comptoir, les mains sur les hanches, mon père me fit signe d'approcher. D'une voix ferme, bien que sans agressivité, il annonça qu'il allait m'apprendre une chose qui me servirait toute ma vie. Et il déclara : «Quand on commence un travail, mon garçon, il faut se rendre jusqu'au bout!»

Cette phrase m'impressionna d'autant plus que, dans le domaine du travail, je le considérais comme un champion. Par exemple, l'été où il avait agrandi notre maison, il s'était occupé, presque tout seul, de déménager le «porche». Chez nous, ce mot désignait un abri très large, attenant au magasin et soutenu par deux ou trois poteaux, sous lequel les cultivateurs d'autrefois avaient coutume de ranger leurs attelages de chevaux. Mon père n'est plus de ce monde depuis plusieurs années, mais je le revois encore, juché sur le toit du porche, en train de scier, avec une simple égoïne, les poutres qui le retenaient au mur de la maison.

Après ce pénible labeur, il avait transporté l'abri de l'autre côté de la rue avec l'aide des voisins. Ensuite, travaillant tous les jours durant plusieurs semaines, il avait réussi à le convertir en garage assez grand pour loger sa Buick, son pick-up Ford et nos trois bicyclettes.

UNE DODGE SHADOW 1992

Des images où mon père s'acquittait d'une tâche difficile sans se plaindre, j'en avais toute une réserve dans la tête. Elles m'aidaient à me rendre au bout de ce que j'entreprenais. Dans l'affaire de la mystérieuse femme, toutefois, il m'était resté un sentiment d'échec. Il me semblait que je n'avais pas bien fait mon travail.

Pour en avoir le cœur net, il fallait que je retourne dans la rue de Bernières. Je décidai de m'y rendre à la brunante. Pendant cette petite heure où les gens allument les lumières sans tirer les rideaux, j'avais des chances d'apercevoir la silhouette de la femme. Tout au moins, je saurais enfin si l'appartement était habité.

Comme à ma première visite, je garai la Mini près du parc Jeanne-d'Arc. Pour ne pas avoir l'air d'un voyeur, je m'approchai de la maison en faisant un crochet par les Plaines. J'arrivais juste au bon moment, entre chien et loup. Les fenêtres s'éclairaient les unes après les autres. La plupart des gens finissaient leur souper ou lavaient la vaisselle.

Je ralentis le pas. L'envie me venait tout à coup de prendre mon temps. Peut-être même que, dans le fond, je préférais n'être sûr de rien. Quand je fus assez près de la maison, je constatai qu'il y avait de la lumière à l'appartement d'en bas : l'architecte était chez lui. Au grenier, la lucarne était minuscule et trop haute, je ne pouvais rien voir. J'examinai les fenêtres du deuxième étage, où habitait la femme. Puisque j'avais visité les lieux, je savais à quelle pièce correspondait chacune d'elles. Soudain, à la grande fenêtre du séjour, je crus voir se profiler une ombre. Comme si, pendant deux secondes, une personne s'était penchée pour regarder dehors.

Ce n'était peut-être qu'une illusion, alors je m'approchai jusqu'à la clôture de métal noir qui borde la rue de Bernières. Les yeux fixés sur la fenêtre, je passai dix ou quinze minutes à tenter d'apercevoir un signe de vie.

Aux alentours, presque tous les rideaux étaient tirés. J'attendis encore cinq minutes, et une minute de plus, après quoi je regagnai mon auto. J'étais envahi par le doute et l'insatisfaction. Mettant le moteur en marche, je démarrai sans prendre soin de vérifier si la voie était libre. Brusquement, je me rendis compte qu'une personne tapait sur le capot de la Mini Cooper. J'appuyai très fort sur les freins. Un peu plus, je l'écrasais.

C'était un homme. La quarantaine, plus grand que moi, carré des épaules. Il portait un feutre gris et un trench-coat beige ou de couleur pâle. Je le vis contourner l'auto et s'approcher de la portière. Se penchant vers moi, il exhiba un insigne mais le remit dans sa poche sans me laisser le temps de le regarder.

— Éteignez le moteur! ordonna-t-il.

Je fis ce qu'il demandait. Il passa derrière l'auto, puis ouvrit la portière de droite et s'installa sur le siège du passager.

— On va discuter gentiment.

— Pourquoi?

— Regardez là-bas!

Il pointait son index vers le parc Jeanne-d'Arc. Pendant que je tournais la tête dans cette direction, il retira la clé de contact d'un geste vif. Un geste de professionnel. Du coup, je compris ce qui se passait : cet homme était un policier. Il m'avait surpris en train d'observer la maison de la rue de Bernières. Or, cette rue se trouvait sur le territoire des Plaines d'Abraham. Elle était sous la responsabilité des gendarmes fédéraux, c'est-à-dire de la

Royal Canadian Mounted Police. J'avais donc affaire à la célèbre «Police montée», comme on disait autrefois. La police qui se promenait à cheval dans les grandes plaines de l'Ouest canadien, vêtue d'une tunique rouge, de culottes bouffantes et d'un chapeau cabossé. Celle qui avait la réputation de toujours attraper son homme.

Une Police montée était assise à côté de moi dans l'auto. Je me sentais comme Henri Richard lorsque son frère Maurice le foudroyait du regard parce qu'il avait raté un but.

— N'ayez pas peur, dit-il. Je ne vous veux pas de mal.

— Je n'ai pas peur, dis-je en me raclant la gorge.

— Très bien. Maintenant, expliquez-moi ce qui vous intéresse dans cette maison.

— Quelle maison? fis-je, l'air innocent.

Il tourna la tête vers moi. Avec son visage impassible, sa voix métallique, il me faisait penser à Humphrey Bogart. Son chapeau frôlait le plafond de la Mini. Dans mon for intérieur, je le baptisai «Bogie».

— La maison de la rue de Bernières, dit-il sans s'énerver. Celle que vous avez regardée si longuement tout à l'heure.

— C'est interdit ?

— Non, mais c'est pas la première fois que vous venez.

Il fallait que je réfléchisse au plus vite. Quelqu'un, peut-être un voisin, en me voyant entrer, avait prévenu la police. La maison était sous surveillance, et Bogie avait été chargé de l'enquête. Il savait des choses sur moi. N'ayant rien fait de très grave, je ne me sentais pas vraiment coupable. C'était plutôt de l'agacement que j'éprouvais. Je m'étais construit un monde imaginaire autour de la mystérieuse femme, et voilà qu'un intrus pénétrait dans mon petit univers et risquait de tout jeter par terre.

— Vous êtes allé voir une femme, dit le policier. Quelle était la raison de votre visite ?

— Elle m'avait invité.

— Pourquoi ?

— Pour lui faire la lecture.

— C'est vrai, vous êtes un lecteur professionnel.

— Oui.

Voilà, c'était la bonne attitude : répondre brièvement, dire la vérité et attendre la suite. Tout allait bien, j'étais assez content de moi.

— Elle n'était pas là et vous êtes entré quand même. Pourquoi ?

— La porte était ouverte.

— Si vous voyez une porte ouverte, vous entrez?

— J'étais inquiet.

— Pourquoi?

— Elle s'était peut-être fait mal. Par exemple en prenant son bain.

— Ah bon! Elle prenait son bain la porte ouverte!

Le ton sarcastique du policier me tapait sur les nerfs, alors je décidai de ne plus répondre. Au bout d'un moment, il cessa de me poser des questions. Et, sans doute pour montrer que je n'étais pas de taille à lutter avec lui, il me donna un aperçu de ce qu'il savait sur mon compte. Le nombre de fois que j'étais venu. Les endroits où j'avais garé mon auto. Mon adresse dans le faubourg Saint-Jean-Baptiste.

Pour finir, il me fit une proposition :

— On va faire un *deal*, vous et moi.

— Un quoi?

— Un *deal*! Vous ne savez pas ce que c'est?

— Vous voulez dire un *marché*?

— C'est ça.

L'occasion était belle de prendre ma revanche. J'allais remettre la Police montée à sa place. Est-ce que, malgré sa petite taille, Henri Richard ne ripostait pas à toutes les attaques de ses adversaires sur la patinoire?

— Les deux mots sont équivalents, affirmai-je. Ils ont exactement le même poids !

— Et alors ?

— Alors, pourquoi employez-vous le mot anglais ?

Il haussa les épaules. La colère montait en moi et je n'avais pas envie de la réprimer.

— Je vais vous le dire : c'est parce que vous pensez que l'anglais est une langue magique !

Une nouvelle fois, Bogie tourna la tête pour m'observer. Son visage était impassible, et même glacial. Il avait l'air de se demander si j'avais toute ma raison. Après un moment de réflexion, il dit d'une voix très calme :

— Lors de votre deuxième visite, vous avez pris quelque chose dans l'appartement. Voici mon *deal* : vous me remettez cet objet et, en échange, je vous donne des renseignements sur la femme qui vous intéresse.

Il remit la clé de contact à sa place et ouvrit la portière.

— Vous avez une semaine pour réfléchir. Bonne chance, monsieur Francis !

Sur ces mots, il s'éloigna. Avant de démarrer, je le suivis des yeux dans le rétroviseur. Il avait de grosses chaussures comme tous les policiers. Au coin de la rue Laurier, il prit place dans une vieille auto noire. Je suis un expert en ce domaine : c'était une Dodge Shadow, probablement de 1992.

11

LA MERVEILLE MASQUÉE

Henri Richard fonçait vers le but de l'équipe adverse et rien ne pouvait l'arrêter. Malheureusement, je n'ai pas autant de courage que lui. Quand la vie me fait des misères, il m'arrive de chercher refuge dans le rêve.

Le lendemain de ma confrontation avec Bogie, je m'abandonnai à mon rêve préféré. Il se déroulait au cours d'une partie de hockey, à l'époque où les gardiens de but commençaient à se protéger le visage avec un masque. Je suis trop jeune pour avoir connu ces années-là, mais mon père m'en a parlé. Il m'a raconté comment Jacques Plante, le gardien des Canadiens de Montréal, avait demandé à un artisan de lui fabriquer un masque en fibre de verre qui épousait les contours de son visage et ne comportait que de petites ouvertures pour les yeux, le nez et la bouche.

Pour déclencher un rêve éveillé, la meilleure position est celle du fœtus. Je me couche sur le côté gauche, les genoux relevés, une main sous l'oreiller et l'autre entre mes jambes. Fermant les yeux, je fais le vide dans mon esprit.

La première image arrive : on est au Forum de Montréal. Vêtu du costume de gardien de but, et portant le fameux masque, je saute sur la patinoire en pleine lumière, suivi de tous mes coéquipiers, le capitaine en dernier, comme le veut la tradition. Les spectateurs, les joueurs, tout le monde me prend pour Jacques Plante, car j'ai son masque et, en plus, j'imite sa façon de patiner. Pendant ce temps, le gardien régulier est emprisonné dans une pièce voisine du vestiaire, sous la surveillance d'un préposé à l'équipement que j'ai réussi à soudoyer.

J'ai appris à patiner sur la rivière gelée de mon village natal. Quand la glace était assez épaisse, de l'avis de mon père, nous dégagions un espace rectangulaire en repoussant la neige sur les côtés. Je pouvais alors patiner avec ma sœur, ou encore je jouais au hockey avec les petits voisins et, dans ce cas, j'aimais bien tenir le rôle de gardien.

Au Forum, je me dirige vers le but des Canadiens. Avec la lame de mes patins, je racle la glace pour la rendre plus rugueuse au cas où je devrais me jeter à terre et me relever rapidement. Je pose mon bâton Sherwood sur le dessus des filets, puis je sors un livre que j'ai caché à l'intérieur de ma grosse mitaine. Les coéquipiers font le tour de notre zone à toute vitesse. Ils n'ont pas l'air surpris de voir que j'ai apporté de la lecture. Tout le monde sait que Jacques Plante est un original.

J'ouvre mon livre. C'est un recueil de poèmes : *Les îles de la nuit*, de monsieur Alain Grandbois. Je ne comprends pas toujours ce que je lis, mais on dirait que les textes ont le pouvoir d'augmenter ma concentration et d'aiguiser mes réflexes. Voici les vers que j'aime le plus :

Nous avons partagé nos ombres
Plus que nos lumières
Nous nous sommes montrés
Plus glorieux de nos blessures
Que des victoires éparses
Et des matins heureux

En levant la tête, j'aperçois l'arbitre qui regarde vers moi depuis le centre de la patinoire. Je lui fais signe que je suis prêt et il met la rondelle en jeu. Nos adversaires sont les Red Wings de Detroit, avec le redoutable Gordie Howe. Heureusement, Jean Béliveau s'empare du disque et, en quelques coups de patins très élégants, comme s'il s'agissait d'une valse, il pénètre dans le territoire des Wings. Pour le seconder, le défenseur que je préfère, Doug Harvey, s'avance jusqu'à la ligne bleue ennemie. L'esprit tranquille, je reprends le recueil de Grandbois.

Ah nos faibles doigts se pressent
*   frénétiquement*
Tentant de rejoindre le bout du
*   monde des rêves*
Tentant d'appareiller les caravelles
*   vers les îles miraculeuses*

Un murmure s'élève parmi les spectateurs. Sans abandonner mon livre, je devine que nos adversaires sont maintenant en possession de la rondelle. Du coin de l'œil, je vois Gordie Howe lui-même qui fonce vers notre zone avec ses deux coéquipiers. Avant de franchir la ligne bleue, il fait une passe à son joueur de centre. Quand celui-ci entre dans notre territoire, les gens dans les gradins se mettent à hurler pour me prévenir. Je ne regarde même pas. Tourné à demi vers la gauche, le coude appuyé sur la barre horizontale du but, je fais comme si j'étais absorbé par la lecture du poème. J'ai l'air d'être indifférent au danger qui se rapproche, mais je sais que Gordie Howe est rendu dans le coin droit de la patinoire et que le joueur de centre lui a refilé la rondelle. Je le connais, il veut attirer nos défenseurs vers lui et faire une passe à son ailier gauche posté à l'embouchure des filets. Nos avants tardent à venir prêter main-forte aux défenseurs.

Tous les spectateurs du Forum sont debout et crient pour que je réagisse avant qu'il ne soit trop tard. La clameur de la foule me remplit de fierté, même si je ne veux pas le laisser paraître. Je n'ai pas étudié aussi longtemps que mon frère Jack, je n'ai pas voyagé autant que ma Petite sœur, mais aux yeux de milliers de partisans, je suis la seule personne capable de sauver l'équipe des Canadiens de Montréal.

Je fais durer le plaisir, je savoure toutes les secondes qui passent. Subitement, notre défenseur Doug Harvey se place devant Gordie Howe pour le mettre en échec. Il est accueilli par un coup de coude en plein visage. Ensuite le grand Howe quitte le coin de la patinoire avec la rondelle. L'autre défenseur, Émile Bouchard, lui barre la route, mais l'attaquant fait une passe parfaite à son ailier gauche, qui est près de mes filets. Les gens retiennent leur souffle, c'est un silence de mort dans les gradins.

Au moment précis où l'ailier va pousser la rondelle dans le but, j'allonge mon bâton de gardien et, comme si de rien n'était, je fais dévier le lancer dans la foule.

Je suis la Merveille masquée.

12

LES CHEFS INDIENS

Ma vie oscillait entre le rêve et la réalité. Loin de m'inquiéter, cette situation était pour moi un motif de fierté. Je n'ai jamais éprouvé le besoin d'être comme tout le monde.

De toute manière, mon travail de lecteur m'apportait de grandes satisfactions. Chaque semaine, j'avais hâte de revoir Marine et la petite Limoilou. Celle-ci avait l'esprit de plus en plus éveillé et posait de nombreuses questions sur les Indiens. Elle avait un faible pour le chef sioux qui figurait sur mon exemplaire du journal de Lewis et Clark.

À la dernière séance de lecture, j'avais abandonné Clark sur une petite île du Missouri. Les membres de l'expédition se reposaient de leur première journée de voyage. On les avait prévenus qu'ils devaient «traverser un pays tenu par des peuples sauvages, nombreux, puissants et guerriers, d'une stature gigantesque, farouches, perfides et

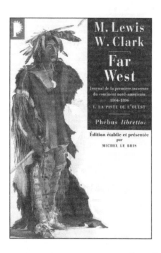

cruels, et surtout ennemis des hommes blancs ».

Tandis que la belle Irlandaise transportait ses dictionnaires dans la cuisine, Limoilou prit place sur sa chaise longue. Elle ferma les yeux et je commençai ma lecture. À cause des malheurs qu'elle avait connus et dont on voyait encore des traces autour de ses yeux et sur ses poignets, elle m'impressionnait toujours autant. Mais, à présent, je devenais plus hardi et il m'arrivait de suivre sur son visage les émotions que les mots engendraient chez elle.

Dans son journal, William Clark notait qu'il avait remonté le Missouri jusqu'au village de Saint-Charles, avec une quarantaine d'hommes répartis sur trois bateaux.

Son camarade Lewis était enfin venu le rejoindre. Ils avaient engagé deux trappeurs métis, Pierre Cruzatte et François Labiche, qui connaissaient la région et parlaient plusieurs langues indiennes.

La remontée du Missouri était pénible à cause des courants, des bancs de sable et des troncs d'arbres flottant sous la surface. S'il n'y avait pas de vent, des hommes postés sur la rive devaient haler le grand bateau avec des câbles. Le beau visage de Limoilou reflétait les efforts des membres de l'expédition, puis il se détendait lorsque ceux-ci se préparaient à camper pour la nuit, car les auteurs employaient alors une petite phrase qui la faisait sourire à cause de la rime :

Tiques et moustiques sont des plus gênants.

De mon côté, je me réjouissais de constater que le parcours des explorateurs était jalonné de noms français. Noms de villages, de forts, de cours d'eau, de collines, mais aussi de voyageurs, de guides, d'aventuriers, de traiteurs de fourrures. Ils s'appelaient Loisel, Dorion, Laliberté, Lepage... Leurs noms avaient des consonances familières et je les prononçais avec d'autant plus de respect que l'Histoire les avait oubliés.

Comme Limoilou s'intéressait avant tout aux Indiens, je sautai un grand bout du journal, pour en arriver au 25 septembre. C'était le jour où les explorateurs faisaient la rencontre d'une bande de Sioux très connus pour leur férocité. Ils contrôlaient le passage vers le Haut-Missouri et rançonnaient les voyageurs. Le chef de la bande, Tortohonga, était surnommé le Partisan. D'après le traiteur Pierre-Antoine Tabeau, il pouvait dans la même journée «se montrer pusillanime et boutefeu, fier et servile, provocateur et conciliant – un intrigant et un hypocrite».

— Ça veut dire quoi, *boutefeu*? demanda Limoilou.

J'avais prévu la question et consulté le *Petit Robert* avant de quitter mon appartement. Alors je n'eus pas de mal à expliquer que le boutefeu, au sens propre, était une torche avec laquelle on allumait la charge d'un canon; au figuré, c'était une personne qui provoquait des chicanes.

— Merci, dit-elle. Comment s'est passée la rencontre avec le Partisan?

— Plutôt mal, dis-je.

Et, pour illustrer mon propos, je lus le passage suivant:

Nous avons invité les chefs à notre bord et leur avons montré le bateau,

le canon à air et toutes les choses
curieuses dont nous savions qu'elles
les amuseraient.
Nous n'y avons que trop bien réussi
car, après que nous leur eûmes
donné le quart d'un verre de whisky
(qu'ils ont eu l'air d'aimer beaucoup)
ils ont vidé la bouteille et n'ont pas
tardé à devenir pénibles.

— Les explorateurs n'auraient pas
dû leur donner du whisky, fit observer
Limoilou avec bon sens.

— Tu as raison. C'était une habitude
déplorable. Elle existait depuis les
premières rencontres entre les Blancs et
les Indiens. Mais je suppose que tu as
appris tout ça dans tes cours d'histoire ?

— Je n'ai pas eu de cours d'histoire.

Elle haussa une épaule et je vis passer
une ombre sur son visage émouvant
et triste. Je regrettais d'avoir posé la
question. Heureusement, elle demanda
si les auteurs parlaient des femmes
qui faisaient partie de cette bande
d'Indiens. Je m'empressai de lui lire ce
paragraphe :

Les squaws sont d'humeur plaisante.
(...) Elles ont de hautes pommettes,
portent des jupons et des tuniques
faites de peaux, jetées sur leurs

*épaules. Elles font tous les travaux
difficiles et je peux bien dire qu'elles
sont absolument les esclaves des
hommes.*

Limoilou s'agita un peu sur sa chaise
longue, mais ne fit aucun commentaire,
alors je continuai de lire :

*Les femmes se sont alors avancées,
vêtues de couleurs vives. Les unes
tenaient un piquet où pendait le scalp
d'un ennemi, d'autres brandissaient
des fusils, des lances ou divers
trophées rapportés de la guerre par
leurs époux, leurs frères ou leurs
parents (...). Elles ne dansent pas
selon des pas précis, mais glissent en
traînant les pieds, et la musique ne
semble être qu'un mélange de bruits
confus, où l'on ne distingue guère
que les coups plus ou moins forts
portés sur la peau des tambours.*

— Attends un peu, dit-elle. Si j'ai
bien entendu, les femmes dansaient en
brandissant le scalp d'un ennemi au bout
d'un bâton. Es-tu sûr que les choses se
passaient de cette manière ?

Son visage était crispé, elle avait l'air
inquiète. Cette fois, n'ayant pas prévu
la question, je réfléchis aussi vite que

possible. Comme j'avais parcouru les récits de Champlain, ceux de Gabriel Sagard, les *Relations des Jésuites* et plusieurs autres textes, je connaissais les mauvais traitements que les Indiens réservaient à leurs ennemis. Ils les humiliaient, les insultaient, les torturaient et, dans certains cas, les dévoraient.

Comment expliquer un tel comportement à une fille dont l'existence avait été dévastée par des souffrances physiques et morales ? Je me creusais la tête pour trouver une solution à ce problème lorsque j'entendis un bruit de chaise venant de la cuisine. Un instant plus tard, Marine entra dans le solarium et posa ses dictionnaires sur la grande table.

— J'ai fini mon travail, déclara-t-elle.

C'était la première fois qu'elle intervenait dans mes séances de lecture. Je compris tout de suite qu'elle le faisait pour venir à mon aide. S'approchant de la fenêtre qui se trouvait entre Limoilou et moi, elle se mit à s'étirer dans la lumière qui baignait le solarium. Elle cambrait le dos et allongeait les bras au-dessus de sa tête, en tenant les mains jointes et les paumes tournées vers le haut. Il était onze heures trente du matin et le soleil mettait le feu à sa magnifique chevelure rousse. Ses cheveux étaient vraiment comme une flamme, je le jure. Tout comme moi, la petite Limoilou regardait le spectacle avec des yeux agrandis par l'admiration.

— J'ai envie de me promener, dit Marine. Peut-être que je vais prendre le sentier qui descend vers le parc des chevaux de course.

— C'est une bonne idée, je vais avec toi, dit Limoilou.

Elles sortirent ensemble du chalet. Le chat noir, qui avait dormi sur le ventre de la jeune fille, se mit à les suivre. Je ne voyais pas Chaloupe, mais elle n'était sûrement pas très loin.

Après réflexion, je décidai de laisser les filles entre elles et de me retirer sur la pointe des pieds. Quand elles eurent disparu derrière le chalet, je montai dans la Mini Cooper en refermant la portière sans faire de bruit. Tandis que l'auto grimpait la côte en direction du Chemin Royal, un texte très court que je savais par cœur me revint en mémoire. J'aurais pu le réciter à Limoilou en guise de réponse à sa question. Ces quelques mots avaient la force et la douceur qu'il fallait pour apaiser ses inquiétudes. Ils avaient été prononcés par le grand chef Crowfoot de la tribu des Pieds-Noirs :

Qu'est-ce que la vie? C'est l'éclat d'une luciole dans la nuit. C'est le

*souffle d'un bison en hiver. C'est la
petite ombre qui court dans l'herbe
et se perd au couchant.*

13

MARIANNE

Un jour, vers cinq heures de l'après-midi, je revenais chez moi en Mini Cooper. Mon garage, à la Tour du Faubourg, donne sur la rue d'Aiguillon. Comme la porte ne s'ouvre pas automatiquement, je descendis de l'auto pour utiliser ma clé et, tout à coup, j'aperçus la vieille Dodge Shadow qui était garée plus loin. Bogie se trouvait au volant. Je le reconnus à son feutre et au col relevé de son trench-coat.

Faisant comme si je ne l'avais pas vu, j'introduisis la clé dans le boîtier métallique. La porte s'ouvrit. À l'intérieur du garage, j'empruntai la rampe conduisant au premier sous-sol. En sortant de la Mini, je vis que le policier m'avait suivi à pied. Les bras croisés, il me bloquait l'accès à l'escalier en béton qui menait aux étages.

— Bonjour, Francis ! dit-il, assez fort pour dominer le bruit assourdissant des ventilateurs. Vous vous souvenez de moi ?

La question me parut idiote. Je ne répondis pas.

— Je veux dire, vous vous souvenez de notre... *deal*?

— Comment voulez-vous que j'oublie ça!

— Très bien. Je vous accompagne chez vous, si ça ne vous ennuie pas.

— Et si ça m'ennuie?

Pour toute réponse, il m'invita à prendre l'escalier en esquissant un geste cérémonieux de la main. Quand nous fûmes au premier étage, il me précéda jusqu'à mon appartement. De toute évidence, il voulait me montrer qu'il savait exactement où j'habitais. Je ne fus pas impressionné, car cette information se trouvait sur le tableau affiché à la vue de tous dans le hall de l'entrée principale, rue Saint-Jean.

En ouvrant la porte de l'appartement, je pris la liberté de refaire le geste avec lequel il s'était moqué de moi. Il entra et se dirigea aussitôt vers la porte-fenêtre. Tout près de lui, du côté gauche, il y avait une commode haute et étroite où je rangeais mes papiers importants. Le carnet d'adresses que j'avais pris chez la femme se trouvait dans le premier tiroir.

— La vue est moins belle que chez Jack, observa-t-il.

Avait-il eu l'audace de monter chez mon frère ? Était-il en train de bluffer ? Je penchais pour la deuxième hypothèse, mais rien ne prouvait que j'avais raison. Cette Police montée était bien capable de se présenter à l'appartement de Jack et de lui mettre son insigne sous le nez pendant une demi-seconde. Par prudence, je fis semblant de n'avoir pas entendu son observation.

Ce n'était pas le moment de déranger le vieux Jack. Pour quelque mystérieuse raison, il estimait n'avoir que peu de temps à vivre. Son roman sur l'Amérique française était à ses yeux un dernier combat. Sa bataille des Plaines d'Abraham. Toute son énergie était consacrée à son livre. Son mal de dos augmentait, il ne sortait presque plus, n'allait jamais au cinéma ni au restaurant et ne recevait personne. Il était maigre et avait le teint livide.

Ma sœur et moi, nous avions la clé de son appartement. Elle s'occupait de ses repas. Une ou deux fois par jour, elle ouvrait la porte sans faire de bruit et déposait des mets tout chauds sur la chaise qui se trouvait dans l'entrée. Si Jack travaillait dans sa chambre, elle avançait sur la pointe des pieds, faisait un peu de ménage, lavait la vaisselle. Pour ma part, je m'occupais des messages qui s'accumulaient sur son répondeur. J'examinais son courrier et je payais ses factures pour lui éviter des ennuis. De temps en temps, nous ramassions le linge qui traînait et nous faisions une lessive dans la salle de lavage du rez-de-chaussée. Et les fins de semaine, je l'emmenais à l'île pour qu'il passe quelques heures avec Marine, Limoilou et les chats.

Le policier déambulait dans l'appartement. Il regardait autour de lui et furetait dans les coins. Je voyais bien qu'il cherchait le carnet, mais comme il m'avait compliqué la vie, je décidai de le faire attendre.

— Vous connaissez les livres de mon frère ? demandai-je.

— J'en ai entendu parler, dit-il prudemment.

— Et vous les avez lus ?

— Non. Je ne lis pas beaucoup.

— Même pas des romans policiers ?

— J'aime mieux regarder la télé, c'est plus reposant.

— Tant pis pour vous !

— Pourquoi dites-vous ça ?

— La télé, ça sert avant tout à faire marcher le commerce.

Il s'immobilisa et me regarda comme si j'étais un extraterrestre. De fait, nous vivions dans des univers très différents. Il devait passer de longues journées à suivre les gens, à les épier avec des jumelles, à les écouter dans un restaurant ou dans le hall d'un hôtel, caché derrière un journal. Le soir, il était probablement très heureux de mettre ses pantoufles, de s'écraser dans un fauteuil, les pieds sur un pouf, et de regarder n'importe quoi à la télé en buvant une bière et en avalant des pointes de pizza.

— Qu'est-ce qui vous fait rire? demanda-t-il.

— Rien d'important, dis-je.

— Alors, revenons au but de ma visite. Le carnet, vous l'avez mis à quel endroit?... Dans la petite commode?

Il n'avait pas attendu assez longtemps, alors je ne répondis pas tout de suite. De plus, je venais de faire une découverte. Au mur de droite était accrochée une peinture de Jean-Paul Lemieux qui montrait un homme, une femme et un petit garçon. Puisque le tableau était une reproduction sous plaque de verre, je pouvais m'en servir pour observer le policier comme dans un miroir, sans qu'il ne s'aperçoive de rien. En le regardant de cette manière, je découvrais avec étonnement qu'il ressemblait beaucoup à mon père. Il avait le même visage creusé, le même air sérieux et affairé.

Je m'efforçai de ne pas montrer ma surprise. Mais tout ce qui me vint à l'esprit, pour exprimer cette volonté, ce fut les mots anglais *poker-face*. J'eus honte de moi. Pourquoi cette expression au lieu de l'équivalent français *visage impassible*? En étais-je arrivé, moi aussi, à considérer l'anglais comme une langue magique?

Le policier interrompit mes réflexions :

— Dans le premier tiroir? insista-t-il.

À présent, je voulais qu'il s'en aille au plus vite.

— C'est ça, dis-je, le premier tiroir.

— Merci. Je le savais.

Il prit le carnet d'adresses, le feuilleta un moment, puis le glissa dans la poche intérieure de son trench-coat. Je mis les deux mains sur mes hanches.

— Maintenant que vous avez le carnet, auriez-vous l'amabilité de me laisser tranquille? demandai-je en détachant les syllabes.

— Vous ne voulez pas que je vous parle de Marianne comme nous avions convenu?

— De *qui*?

— De la femme qui habite dans la rue de Bernières. Vous ne saviez pas qu'elle s'appelait Marianne?

Je faillis répondre non, ce qui était la vérité. Au téléphone, elle ne m'avait pas dit comment elle s'appelait, et son nom ne figurait pas sur les boîtes aux lettres de la maison. Au dernier moment, je décidai de me taire. Je me plantai devant Bogie et, en le regardant droit dans les yeux :

— Vos renseignements ne m'intéressent pas, dis-je.

Puis je lui indiquai la porte.

Après son départ, je tentai de mettre de l'ordre dans mes idées. Ce n'était pas mon point fort : en général, je me laisse plutôt guider par l'intuition ou les sentiments. Cette fois encore, mes efforts ne donnèrent pas de résultats.

À l'heure du souper, je me préparai un spaghetti avec une sauce à la viande que ma sœur avait apportée. Pendant que je lavais la vaisselle, les mains dans l'eau tiède et l'esprit en vagabondage, il m'apparut que je ne pouvais avancer dans mes réflexions à moins de concilier trois éléments : le plan de Paris que j'avais vu dans la salle de bains, le rêve étrange qui s'était déroulé sur les Plaines d'Abraham et le nom de la femme que le policier venait de me révéler.

Mais ce jour-là, il me fut impossible d'aller plus loin. Après tout, je ne suis qu'un petit frère.

14

LA GRANDE CÔTE
DE BAIE-SAINT-PAUL

Parmi mes auditeurs, la personne à laquelle j'étais le plus attaché, à part Limoilou, se trouvait à l'Hôtel-Dieu. Elle s'appelait Chloé. Ses parents lui avaient donné ce prénom à cause de *L'écume des jours*, de monsieur Boris Vian. Elle avait eu vingt ans pendant son séjour à l'hôpital.

Elle était dans le coma.

L'accident s'était produit au début de l'été. Son copain conduisait une Yamaha et elle occupait le siège du passager, les bras serrés autour de ses hanches. Il pleuvait, ce jour-là, et il faisait plutôt froid. La moto avait dérapé dans la grande côte qui dévalait vers Baie-Saint-Paul. La fille avait été projetée dans le fossé et sa tête avait heurté une pierre. Elle ne portait pas de casque.

La plupart du temps, quand je faisais la lecture à Chloé, son copain était présent et lui tenait la main. Il se sentait responsable des graves blessures qu'elle avait subies. La veille de l'accident, il avait apporté le casque du passager chez lui afin de nettoyer la visière en plastique, et il avait oublié de le replacer dans le coffre de la moto. Bien sûr, lorsqu'il était passé chez son amie pour lui proposer une balade dans Charlevoix, il lui avait offert son propre casque. Elle s'était contentée de hausser les épaules et de sourire en disant : «J'ai confiance.» La petite phrase résonnait dans sa tête quand il se réveillait la nuit.

Je lui lisais un roman de monsieur Ducharme, *L'avalée des avalés*, parce qu'il était au programme de ses études. Mais il y avait une autre raison. Il me semblait que les mots, en plus de posséder des vertus thérapeutiques, comme les plantes, réagissaient entre eux à la manière des atomes. C'était bien visible dans les textes de Réjean Ducharme : les mots se heurtaient les uns aux autres, s'entrechoquaient, et leur puissance était ainsi décuplée. Les premières phrases donnaient un coup au cœur :

Tout m'avale. Quand j'ai les yeux fermés, c'est par mon ventre que je suis avalée, c'est dans mon ventre que j'étouffe. Quand j'ai les yeux ouverts, c'est par ce que je vois que je suis avalée, c'est dans le ventre de

*ce que je vois que je suffoque. Je suis
avalée par le fleuve trop grand, par
le ciel trop haut, par les fleurs trop
fragiles, par le visage trop beau de
ma mère.*

Le copain était assis à côté du lit, sur
une chaise droite, et lui caressait la main.
Je me tenais debout, accoudé sur l'appui
de la fenêtre, pour profiter de la lumière
naturelle. Couchée sur le dos, Chloé avait
l'air de dormir. Elle était sous perfusion et un
moniteur surveillait son activité cérébrale,
mais elle respirait par elle-même.

Je me trouvais dans une situation nouvelle. Le mot *coma*, d'après mon *Petit
Robert*, veut dire «sommeil profond». En
réalité, la fille était égarée dans un pays
étrange dont on ne savait presque rien.
On pouvait seulement dire qu'elle reposait
quelque part entre la vie et la mort, et
qu'un jour elle aurait à choisir un monde
plutôt que l'autre. Mon travail consistait
à influencer son choix. Pour y arriver, je
n'avais rien d'autre que les mots.

Heureusement, l'écriture de Ducharme
était tout le contraire d'une «petite
musique». Elle frémissait, elle bougeait
sans cesse, les mots se choquaient,
les images allaient dans tous les sens,
prenaient toutes les couleurs, et des
bouts de phrases jaillissaient comme un

feu d'artifice. J'aimais en particulier le passage suivant :

Ici, c'est une île. C'est un long chemin entouré de joncs, de sagittaires et de petits peupliers tapageurs. C'est un long drakkar ancré à fleur d'eau sur le bord d'un grand fleuve.
C'est un grand bateau dont les flancs chargés de fer et de charbon sont presque engloutis, dont le mât unique est un orme mort.

Le copain de la fille et moi, nous avions presque le même âge. J'aurais donné une fortune pour qu'il retrouve son amie. Je prenais ma voix la plus sérieuse, la plus persuasive. J'espérais de tout mon cœur que les mots arrivent à percer le mur de silence dont elle était entourée et qu'ils puissent se frayer un chemin jusqu'à cet endroit mystérieux où son âme était recroquevillée comme une petite bête au fond d'un terrier.

À certains moments, le doute m'envahissait. Je reprenais confiance lorsque je lisais ces phrases qui, me semblait-il, avaient été écrites spécialement pour elle :

Je me suis si bien murée, j'ai tenu mes valves fermées si juste durant ces années d'exil, que cette nuit,

comme beaucoup d'autres nuits, je
me meurs, je me frappe la tête contre
le plancher comme on frappe contre
le coin d'une table une montre qui
s'est arrêtée.

Ensuite, je me taisais. Je guettais le moindre signe d'un réveil. Un léger soupir, un battement de paupière, n'importe quoi.

15

LE PONT DE LA 3ᵉ AVENUE

Un bruit attira mon attention pendant que j'étais sous la douche.

Je fermai les robinets et tendis l'oreille. Quelqu'un frappait à ma porte en se servant du heurtoir. Il me semblait que le bruit métallique se répercutait jusqu'à l'autre bout de l'étage. Je m'essuyai en trois coups de serviette et enfilai mon vieux peignoir. Pieds nus, je me rendis dans l'entrée, mais d'abord je regardai par le judas. C'était ma sœur, ma Petite sœur bien-aimée. Après avoir noué la ceinture de mon peignoir, je m'empressai d'ouvrir. Elle avait le visage bronzé, les mains dans le dos et un sourire mystérieux. En mettant un bras autour de ma taille et son nez dans mon cou, elle dit :

— Mmm... ça sent bon ! C'est quoi, ton shampoing ?

— Miel et citron.

En dépit de ses longues absences, ma sœur est depuis toujours ma meilleure amie. Les choses importantes, celles qui me guident dans la vie, c'est elle ou mon père qui me les ont enseignées.

Nous avons un tas de souvenirs en commun. L'un des plus anciens remonte au temps où elle n'avait pas encore quitté la maison familiale. Lorsque j'ouvrais le magasin, elle venait parfois s'asseoir avec moi à la «fenêtre du moulin» et nous écoutions ensemble les fameuses chansons qui tournaient le matin à la radio. Il nous arrivait aussi de feuilleter un des magazines auxquels mon père était abonné. Nous frôlant de l'épaule et du coude, juste assez pour créer un petit frisson, nous regardions les photos qui racontaient la vie mondaine des vedettes et des stars de l'époque. Une de ces photos, dans le *Paris-Match*, allait devenir pour nous l'image la plus triste au monde : elle montrait une fosse nouvellement creusée dans l'herbe d'un cimetière, à Ketchum en Idaho, pour recevoir le corps d'un homme que tout le monde appelait Papa. C'était monsieur Ernest Hemingway. Il s'était tiré un coup de fusil dans la tête, un dimanche matin, le 2 juillet 1961.

— Est-ce que tu vas bien ? s'inquiéta ma sœur.

— Ça peut aller. Et toi ?

— Moi aussi.

— Tu arrives de chez Jack ?

— Oui, mais je ne l'ai pas vu, dit-elle. La porte de sa chambre était fermée et j'entendais un ronflement.

— Peut-être qu'il n'avait pas bien dormi. La dernière fois que je l'ai emmené au chalet, il m'a dit qu'il se levait souvent la nuit pour écrire. Il a peur de ne pas se rendre au bout de son roman, alors il travaille encore plus que d'habitude.

— En tout cas, je lui ai laissé des croissants. Et j'en ai gardé pour nous deux.

Elle me tendit un petit sac qu'elle avait caché dans son dos.

— C'est vraiment très gentil.

Me penchant vers elle, je frottai mon nez contre le sien. Cette fois, elle passa ses deux bras autour de mon cou, et ses lèvres effleurèrent les miennes. C'était très doux. Dans nos rapports, ma sœur et moi, nous rejetions toutes les règles, sauf celle qui demandait de ne pas imposer sa volonté à l'autre. Cependant, nous ne sentions pas le besoin de passer aux actes : il nous suffisait de rêver à tout ce qui était possible.

Ma sœur laissa ses sandales dans l'entrée. Elle se rendit à la cuisine et mit les croissants au four. Je préparai le café tandis qu'elle apportait sur la table les couverts et plusieurs pots de confiture. Lorsque nous fûmes assis l'un en face de l'autre, en train de manger, elle posa ses pieds nus sur les miens.

— Sais-tu quoi? fit-elle.

Cette petite phrase annonçait toujours quelque chose de spécial. J'étais en alerte.

— Quoi?

— Hier soir, je suis passée par la rue de Bernières.

— Et alors? demandai-je, après avoir bu une longue gorgée de café.

— J'ai eu de la chance, la femme était là.

— Dans son appartement?

La réponse ne vint pas tout de suite. Ma sœur tenait un morceau de croissant et elle hésitait entre les confitures de fraises, de framboises et d'oranges amères.

— Non, dit-elle en cherchant ses mots, elle marchait devant moi sur le trottoir. Elle allait faire des courses. Du moins, c'est ce que j'ai pensé.

— Pourquoi?

— Elle avait... un sac en jute comme ceux qui servent à transporter les provisions.

Les hésitations de ma sœur firent naître des doutes dans mon esprit. Est-ce qu'elle n'inventait pas cette histoire dans le but de me faire plaisir? Je gardai cependant mes réflexions pour moi, car j'avais en tête la chanson *Fais comme si*, chantée par Édith Piaf avec sa voix râpeuse et très émouvante. Les paroles disaient :

Fais comme si mon amour
Fais comme si on pouvait
Mon amour, mon amour
S'aimer à tout jamais.

— Laisse-moi deviner, dis-je. La femme marchait devant toi... Pour voir son visage, tu l'as dépassée et tu t'es arrêtée sous un prétexte quelconque.

— J'avais un caillou dans ma sandale.

— Tu pourrais me la décrire ? demandai-je en prenant une voix inquiète.

— Bien sûr, dit-elle. C'est une grande blonde. Très mince et le teint pâle. Elle portait une longue robe blanche... Elle avait la même allure qu'un des personnages dans le tableau de Jean-Paul Lemieux.

Son index pointait vers le cadre sous verre qui m'avait permis d'observer Bogie à la dérobée. Je me levai pour regarder l'œuvre de plus près. En quittant la table, je vis par la porte-fenêtre que le ciel se couvrait. Ma sœur s'approcha et je lui montrai le personnage féminin qui occupait tout le côté gauche du tableau :

— C'est de cette femme que tu parles ?

— Mais non, elle a une robe gris-bleu. Je pensais plutôt à celle-là.

Elle désignait, au milieu de la toile, une silhouette blanche qui mesurait à peine quelques centimètres. Je ne l'avais jamais remarquée. De plus, elle semblait sur le point de disparaître à l'horizon. J'eus alors une brève illumination, un *flash*, comme disent les gens qui pensent que l'anglais est une langue magique. En un éclair, je compris que la mystérieuse femme était en train de sortir de ma vie.

Pour qui était-elle venue ? Pourquoi était-elle partie ? Ce n'est pas un petit frère qui peut répondre à ce genre de questions. J'avais simplement l'impression qu'une partie de moi, liée à mon enfance, commençait à se détacher. Cette idée me rendit un peu mélancolique, et ma sœur s'en aperçut :

— Es-tu triste à cause de l'histoire que j'ai racontée ?

— Non, je suis triste parce que je vieillis. Mais c'est pas grave.

— Ça veut dire quoi, vieillir, pour toi ?

— Devenir raisonnable.

Elle me regarda un long moment dans les yeux, puis elle me caressa la joue. Sa main était lente et chaleureuse, et j'avais très envie de connaître la suite, mais soudain le grondement du tonnerre se fit entendre.

Un orage se préparait.

— Je ferais mieux de rentrer chez moi, dit-elle.

— Tu es venue comment?

— En bus.

— Alors je te reconduis avec la Mini.

— Tu es gentil comme tout.

La tempête éclata quand nous arrivâmes à la rue de la Couronne. La pluie tombait dru, le vent soufflait par rafales et on ne voyait presque rien. J'appuyai sur les freins, allumai les phares de nuit et mis les essuie-glace en accéléré. Il fallut attendre plusieurs minutes pour traverser le boulevard Charest, mais ensuite tous les feux étaient au vert. Je n'eus pas de mal à me rendre à la rue Prince-Édouard où je virai à droite après avoir demandé à ma passagère si le couloir d'autobus était libre.

Ma sœur logeait chez une copine en instance de divorce qui avait un cinq-pièces dans la 3ᵉ Avenue. Elle avait décidé, cette fois, de rester à Québec aussi longtemps que le vieux Jack n'aurait pas terminé son roman.

— Tu conduis très bien, dit-elle. Pour te remercier, je vais te raconter une petite histoire.

— Vraie ou inventée? demandai-je.

— Une histoire vraie. Sais-tu ce que Jack m'a dit, la dernière fois que je l'ai vu?

— Non.

— Il m'a parlé de son roman sur l'Amérique française. Au début, il entrevoyait une sorte d'épopée. Ils étaient tous là dans sa tête : Champlain et ses projets d'alliance avec les Indiens ; les explorateurs qui élargissaient le territoire jusqu'aux Rocheuses et au golfe du Mexique ; les coureurs des bois et les aventuriers qui parcouraient les régions en tous sens ; les hommes politiques, de Louis-Joseph Papineau à René Lévesque, qui protégeaient la langue et les institutions ; les gens ordinaires, et surtout les mères de famille qui assuraient la survivance du pays par leur labeur quotidien.

Elle s'arrêta pour reprendre son souffle, et poursuivit :

— Toutes ces personnes, Jack voulait les inclure dans son livre. Mais lorsqu'il se mettait à écrire, les mots venaient au compte-gouttes et, chaque jour, le récit perdait de sa force et de son ampleur. C'est ce qu'il m'a raconté. Il a terminé en disant que, pour tous ses livres, les choses s'étaient passées de cette manière.

— Il était découragé ?

— Je ne sais pas. Il a dit : «Quand on écrit depuis longtemps, on ne distingue plus très bien ce qui est vrai et ce qui est faux. Certains jours, on se demande même si on est vivant ou mort.»

Ma sœur me regardait en biais. Décontenancé, je ne trouvai rien à dire. Je réduisis la vitesse des essuie-glace parce qu'il pleuvait moins fort.

Nous arrivions au pont Dorchester qui enjambe la rivière Saint-Charles et débouche sur la 3ᵉ Avenue. La pluie cessa. J'arrêtai les essuie-glace et jetai machinalement un coup d'œil dans le rétroviseur. Nous étions suivis : la maudite Shadow était derrière nous.

Lorsque j'expliquai ce qui se passait à ma sœur, elle se retourna et déclara qu'elle avait aperçu plusieurs fois cette voiture en stationnement devant l'appartement de sa copine. Nous étions rendus au milieu du pont. Elle me demanda d'arrêter la Mini, juste pour voir. J'obéis et, tout de suite, la Shadow s'immobilisa elle aussi. Bogie descendit de l'auto et alla s'accouder au parapet. Il portait comme d'habitude son feutre et son trench-coat. La tête penchée, il avait l'air de regarder l'eau qui coulait vers le fleuve.

— Attends une petite minute, dit ma sœur.

Elle sortit de la Mini en claquant la portière et se dirigea vers l'homme. J'observais la scène dans le rétroviseur. Le policier faisait semblant de ne pas la voir. Quand elle lui toucha l'épaule, il se retourna. Alors elle se mit à lui parler. Elle agitait le doigt sous son nez, approchait son visage tout près du sien, c'était une véritable engueulade.

Brusquement, elle le quitta et revint vers moi. À mi-chemin, elle s'arrêta. Elle se contenta de tourner la tête vers lui. Je le vis remonter très vite dans la Shadow. La voiture noire fit demi-tour à l'entrée du pont et je la perdis de vue quand elle s'engagea dans la rue Prince-Édouard.

J'espérais ne plus la revoir.

16

UN COUP DE DÉPRIME

Si j'en croyais mon expérience, ma prochaine lecture à Limoilou allait sortir de l'ordinaire. Je pensais même qu'elle pouvait avoir une influence sur le reste de sa vie. Il fallait donc que je prépare cette séance avec un soin particulier, mais je n'y arrivais pas : les problèmes de Jack occupaient tout mon esprit.

Il était cinq heures de l'après-midi lorsque, abandonnant l'étude du journal de Lewis et Clark, je pris l'ascenseur pour aller chez mon frère au douzième étage. Ma sœur et moi, nous avions passé une semaine sans lui rendre visite.

Je frappai deux petits coups. Il n'y eut pas de réponse. Je recommençai, un peu plus fort, et tendis l'oreille. Aucun bruit, même pas le ronron de la télé. J'allais me servir de ma clé quand la porte s'entrouvrit. Jack avait le visage défait, ses cheveux gris étaient en désordre.

— Qu'est-ce que tu veux? bougonna-t-il.

— Rien, dis-je, en me faufilant dans l'entrée. Je viens voir si tout va bien.

— C'est la Petite sœur qui t'envoie?

— Non, mais tu ne donnes plus de nouvelles.

C'était vrai. Depuis un mois, peut-être, mon frère ne téléphonait plus pour me demander si je me rappelais le titre ou les paroles d'une chanson, ou encore les mots exacts d'un livre dont il voulait citer un passage.

Je fis quelques pas dans la pièce de séjour. Des vêtements traînaient sur le dossier des chaises, et il y avait des livres sur la table, le sofa, le dessus de la biblio-thèque. La radio jouait, mais très bas. Jack referma la porte et vint me rejoindre.

— Qu'est-ce que tu veux savoir au juste?

— Par exemple, comment tu vas.

— Je suis une ruine ambulante, mais à part ce petit détail, tout va bien.

Cette réponse me laissa tout interdit. Je me mis à contempler, par la porte-fenêtre, le très vaste paysage que les locataires du haut de la Tour avaient sous les yeux. L'été touchait à sa fin. Au loin, dans les Laurentides, on apercevait déjà quelques taches d'un rouge vif. Tandis que je regardais ces montagnes arrondies, qui passaient pour être parmi les plus vieilles du monde, il me revint en mémoire que

Jack venait d'avoir cinquante ans. Nous n'avions pas souligné cet anniversaire : l'arrivée d'une nouvelle décennie lui faisait toujours l'effet d'une condamnation à mort.

Il se laissa tomber dans sa chaise longue et ferma les yeux. C'était mon frère, il avait l'air découragé, alors je cherchai un moyen de le faire parler. L'écriture étant le sujet sur lequel il s'exprimait le plus volontiers, je lui demandai des nouvelles de son roman.

— C'est pas le chef-d'œuvre immortel de Fenimore Cooper, dit-il.

La plaisanterie n'était pas neuve, mais je fus rassuré de voir qu'il pouvait encore se moquer de lui-même.

— Ça avance ?

— J'approche de la fin, mais tout ce que je peux faire, en ce moment, c'est une demi-page le matin. Les mots arrivent *à petites gouttes.*

Ce n'était pas la première fois que Jack employait cette expression. J'avais presque la certitude qu'il pensait à certains propos tenus par Hemingway en réponse à un journaliste qui l'interrogeait sur sa vie privée. Le célèbre écrivain avait laissé entendre qu'il s'abstenait de faire l'amour chaque fois qu'il avait à décrire des rapports intimes dans un roman ou une nouvelle. Ce qui revenait à dire que la libido et l'écriture provenaient de la même source.

— Les mots viennent *à petites gouttes* parce que je suis vieux, dit-il. Te rends-tu compte que j'ai cinquante ans?

— Ah oui? Je ne le savais pas.

Je mentais. On a le droit, quand on veut éviter de faire de la peine à quelqu'un. Il gardait les yeux fermés. Je compris qu'il se repliait sur lui-même, alors je risquai :

— L'âge, c'est dans la tête...

— Es-tu fou? L'âge, c'est dans les jambes! Le matin, j'ai de la misère à marcher : mes jambes sont comme des bouts de bois. En plus, à l'heure des repas, je ne suis même pas capable de manger comme du monde. Quand j'ouvre un plat cuisiné pour une personne, j'en mange seulement la moitié. Je divise tout par deux. Je ne bois ni café ni vin. Mon estomac ne digère plus rien et je passe toute la journée à me faire des tisanes. Si tu veux le savoir, j'ai honte de moi.

Il se tut. Je me demandais si le fait de s'exprimer lui procurait du soulagement ou bien si, au contraire, cela aggravait sa douleur comme lorsqu'on gratte une plaie qui nous démange. Par prudence, je le ramenai sur le terrain de l'écriture :

— C'est pas le genre de choses que tu peux mettre dans ton roman?

— Bien sûr, mais ça n'arrange rien.

— Comment ça ?

— Chaque fois que je relis mon texte, j'ai l'impression de n'avoir écrit que des choses insignifiantes.

— Pourtant, les chroniqueurs littéraires font l'éloge de tes livres.

— Ça ne veut rien dire : ils sont tout aussi élogieux quand ils parlent d'un auteur que je n'aime pas.

— Tu penses à quelqu'un en particulier ? demandai-je avec un brin de malice.

— Oui.

Il réfléchissait. J'avais hâte d'entendre la suite. Au bout d'un moment, il secoua la tête. Pas de chance, il avait oublié le nom de l'auteur. Il perdait la mémoire des noms.

Brusquement, il se leva.

— Je pense que j'ai son dernier livre.

Se plaçant devant la section québécoise de sa bibliothèque, il posa un genou au sol pour ménager son dos fragile. Il parcourait des yeux chacune des rangées. En même temps, il faisait glisser le bout de ses doigts d'un livre à l'autre. Et il marmonnait. Je saisissais quelques mots par-ci, par-là. Il pestait contre les auteurs qui écrivaient un roman en deux mois et qui défilaient ensuite dans toutes les émissions de radio et de télé. Devenir un écrivain médiatique était pour lui la pire des déchéances.

— Je ne trouve rien, dit-il. Mes livres sont tout mélangés, on dirait qu'une personne est venue fouiller dans mes affaires.

Il se remit dans son fauteuil en me jetant un regard soupçonneux. Son visage prit un air chagrin et je craignis qu'il ne retombe dans la déprime.

— Écoute, dis-je. Tu fais le métier que tu as choisi. Tu gagnes assez bien ta vie. Tout le monde ne peut pas en dire autant.

— Tu as raison, dit-il sur un ton faussement léger. Au fond, je suis un vieux chialeux. Oublions tout ça. Comment va la jeune Limoilou?

— Elle prend de l'assurance. C'est une fille qui a beaucoup de caractère et on dirait qu'elle va bientôt devenir plus autonome.

— Et ta jeune cliente qui est dans le coma?

— La semaine dernière, elle s'est réveillée. Elle a regardé son copain, puis elle s'est rendormie.

— Pendant que tu lui faisais la lecture?

— Oui, mais...

Jack avait les yeux ronds. Je ne savais pas si c'était de la surprise ou de l'admiration. En tout cas, il ne m'avait jamais regardé de cette manière.

— Toi, au moins, dit-il, tu fais un métier qui sert à quelque chose.

Mon travail de lecteur me plaisait beaucoup, mais je n'étais pas certain de son efficacité : voilà ce qui arrive quand on est un petit frère. Je voulus faire part de mes doutes au vieux Jack, pour qu'il se sente moins seul, mais je ne trouvai pas les mots. Pendant ce temps, à la radio, on entendait Sylvain Lelièvre. La chanson disait :

Se peut-il qu'en prenant de l'âge,
on déserte son propre cœur ?

Il faut croire que ces paroles touchèrent une corde sensible dans l'âme de mon frère, parce que, d'un seul coup et à mon grand désarroi, il se mit à pleurer. Cela ne lui était pas arrivé, me semblait-il, depuis le jour où sa femme l'avait quitté pour aller s'installer avec un homme plus jeune.

Jack ne pleurait pas vraiment. Ses épaules tressautaient et tout son corps était agité de soubresauts. On aurait dit qu'il étouffait. Il se tourna sur son côté gauche, dans sa chaise longue, et releva les genoux sous son menton. Je m'approchai et, après une courte hésitation, je posai une main sur son épaule. Il fit non de la tête, assez vivement, alors je retirai ma main. J'allai m'asseoir à la table, du côté où l'on pouvait voir les montagnes se découper sur le ciel gris.

Je restai avec lui jusqu'à ce qu'il eût retrouvé son calme. Alors il toussota et, d'une voix un peu rauque :

— Une chose me console, dit-il.

— Qu'est-ce que c'est? demandai-je.

— Au moins, je suis biodégradable.

Sur cette curieuse affirmation, il me pria de m'en aller et c'est ce que je fis.

17

LA FEMME-OISEAU

En garant l'auto près du chalet, ce jour-là, je jetai un regard en biais vers l'étang où Marine était en train de se baigner. La belle rousse ne portait pas de maillot : l'endroit était, à son avis, un coin de paradis. Elle nageait très bien le crawl et accumulait les longueurs. Par moments, elle disparaissait sous la surface avant d'atteindre la rive, et soudain je la voyais émerger à l'autre bout de l'étang. Elle évitait de toucher le fond, vaseux et limoneux, pour ne pas brouiller l'eau. Assise sur le quai, les genoux sous le menton, la petite Limoilou admirait le spectacle.

Je tirai de ma serviette le journal de Lewis et Clark et l'appuyai sur le volant de la Mini. Je faisais semblant de relire le texte, mais en réalité je n'arrêtais pas de loucher vers l'étang en contrebas. J'attendais le moment où Marine allait sortir de l'eau.

Les petits frères ne sont pas faits en bois.

Depuis ma dernière séance de lecture, Lewis et Clark avaient connu mille difficultés dans leur progression vers le Pacifique : les remous du Missouri, les bancs de sable, la force du courant, les nuées d'insectes, l'agressivité de quelques Indiens. En revanche, ils avaient mis à profit l'endurance des pagayeurs, l'expérience des guides et interprètes canadiens-français, l'habileté du chasseur Georges Drouillard, la bonne humeur du Métis Pierre Cruzatte et l'hospitalité de certaines tribus, comme les Mandans.

Tout en surveillant les prouesses de Marine du coin de l'œil, je songeais à l'accueil chaleureux que les jeunes femmes mandans avaient réservé aux membres de l'expédition. Chaque Indienne prenait un voyageur par la main et, le conduisant à un tipi où elle le faisait s'allonger sur une peau de bison, elle lui prodiguait toutes les caresses qu'il désirait.

Ces images défilaient dans mon esprit lorsque je me rendis compte, en levant les yeux, que la belle Marine était sortie de l'eau. Debout sur le quai, me tournant le dos, elle sautillait d'une jambe sur l'autre, la tête penchée de côté : elle avait de l'eau dans les oreilles ou bien c'était pour faire sécher ses longs cheveux roux.

Limoilou lui enveloppa les épaules dans une serviette de plage sur laquelle était imprimé un grand totem comme on en voit chez les tribus de la côte Ouest. Elle lui frictionna le dos et l'embrassa sur les deux joues. Ensuite elle me fit un signe pour dire qu'elle m'avait vu. Presque à la course, elle monta le sentier qui ondulait entre les salicaires magenta et les épervières jaunes ou orangées. Au lieu du t-shirt extra large dans lequel elle avait coutume de flotter, elle portait un jean bleu pâle et une camisole blanche très serrée. Le temps que je sorte de l'auto, elle était déjà sur le perron du chalet et m'ouvrait la porte-moustiquaire. Elle avait les pieds nus.

— Salut! fit-elle.

— Bonjour!

Je fis comme si je n'avais pas remarqué sa nouvelle tenue et j'entrai dans le solarium. Tout de suite, elle se plaça devant la carte que mon frère avait fixée au mur : elle voulait savoir exactement où les explorateurs étaient rendus. Je lui indiquai d'abord à quel endroit se trouvait le village des Mandans sur le Missouri. Il ne me sembla pas nécessaire de parler des faveurs accordées par les Indiennes, alors je m'attardai plutôt sur le fait que, dans ce campement, Lewis et Clark avaient engagé un autre Canadien français qui pouvait servir d'interprète. Il s'appelait Toussaint Charbonneau et avait plusieurs épouses indiennes.

— Plusieurs? s'étonna Limoilou.

— C'était la coutume, dis-je, en esquissant un geste d'impuissance. Il avait au moins deux épouses. La plus importante était Sacagawea, ce qui veut dire Femme-Oiseau.

— Ah oui, tu m'as déjà parlé d'elle.

— Je vais t'en parler plus longuement, mais il faut d'abord que j'explique une ou deux choses.

Limoilou croisa les bras pour signifier qu'elle m'écoutait patiemment. Sans perdre de temps, je relatai les principaux événements vécus par les membres de l'expédition après leur rencontre avec les Mandans.

La troupe de Lewis et Clark s'était remise en marche. Charbonneau et Sacagawea en faisaient partie. L'Indienne portait sur son dos un bébé de quelques mois. Les explorateurs disposaient de nouveaux canots, mais la navigation sur le Missouri était toujours aussi pénible. Le vent du nord, à présent, causait les plus graves problèmes. Un jour, c'est le drame : une bourrasque frappe de plein fouet l'embarcation principale qui transporte les instruments, les papiers, les médicaments, les articles destinés au troc avec les Indiens. Charbonneau, qui se trouve au gouvernail, cède à la panique et le canot se couche sur le côté. La Femme-Oiseau se lance dans l'eau froide. Malgré la force du courant, elle parvient à récupérer la plupart des objets précieux.

Quand j'eus fini de raconter cet accident, Limoilou se tourna vers la fenêtre. Les yeux brillants, elle regardait Marine qui prenait du soleil sur le quai en compagnie des chats. Je constatai, avec une pointe de jalousie, qu'elle s'intéressait autant à l'Irlandaise qu'aux exploits de l'Indienne. Comme toujours, je fis semblant de ne rien voir et je marquai le lieu du drame sur la carte. Je situai en même temps d'autres étapes du parcours des explorateurs : le face à face avec un grizzly, le grand portage pour contourner les cinq chutes du Missouri, les Rocheuses, la ligne de partage des eaux.

— Merci pour tous les détails, dit Limoilou en s'installant dans sa chaise longue. Je peux te demander quelque chose ?

— Bien sûr, dis-je.

— Tu veux bien me lire ce qu'ils écrivent dans leur journal lorsque la Femme-Oiseau plonge dans la rivière ?

Mon livre était bourré de signets, alors je trouvai la page exacte en quelques secondes. C'est ce qui arrive quand on est un pro. J'eus même le temps de penser à mon idole, Henri Richard : trois coups de patin, et déjà il filait à toute vitesse.

Il aurait été fier de moi. Je m'assis dans la chaise berçante et je lus ce que le capitaine Lewis avait écrit :

L'Indienne, à qui je reconnais autant de courage et de résolution qu'à quiconque au moment de l'accident, a récupéré la plupart des petits articles qui avaient été emportés par les eaux.

— C'est tout ? demanda la fille.

— Oui, dis-je. C'est plutôt... mesquin.

Un peu plus, j'employais le mot *cheap*, comme si je pensais encore une fois que l'anglais... Au lieu de m'attarder à cette idée, je m'efforçai de rassurer Limoilou :

— Tu vas voir, les explorateurs vont bientôt changer de ton. Ils arrivent au pied des Rocheuses et le sort de l'expédition va dépendre de la Femme-Oiseau. Lewis écrit :

Nous sommes à plusieurs centaines de milles, au cœur d'une région montagneuse, où tout laisse à penser que le gibier va bientôt devenir rare et notre subsistance précaire, sans aucune information sur le pays, ne sachant pas jusqu'où ces montagnes continuent ni de quel côté nous diriger pour les traverser

ou rencontrer une branche navigable
de la Columbia.

— Je peux te demander encore quelque chose?

— Mais oui.

— Approche-toi et mets ta chaise en face de moi.

Je fis comme elle disait.

— Plus près... Très bien, maintenant place tes pieds contre les miens.

Elle se redressa dans sa chaise longue. De cette façon, nos jambes se trouvaient à la même hauteur et, une fois que mes pieds furent appuyés contre les siens, je posai mes talons sur le rebord tubulaire qu'elle venait de libérer. Ce n'était pas la position la plus confortable, mais sa peau était si douce et si lisse que j'avais le goût de lire très longtemps. À condition que ma voix ne se mette pas à trembloter.

— C'est parfait, dit-elle. À présent, j'ai hâte de savoir ce que la Femme-Oiseau a fait pour aider les explorateurs. C'est ce que tu vas me raconter, n'est-ce pas?

— Exactement! Puisque tu devines si bien, est-ce que tu pourrais me dire ce que Lewis et Clark ont décidé en arrivant aux Rocheuses?

— À leur place, je déciderais d'abandonner les canots parce que, dans les montagnes...

Elle termina sa phrase par une grimace comique. Ensuite, je demandai :

— Mais comment vont-ils s'y prendre pour transporter les bagages?

— Je ne sais pas, dit-elle.

— Excuse-moi, tu ne peux pas le savoir : il y a plusieurs choses que j'ai oublié de te dire.

— Alors raconte!

J'expliquai en deux mots à Limoilou que l'expédition avait été préparée avec le plus grand soin par le président Jefferson. Les explorateurs savaient depuis longtemps que, pour se rendre au Pacifique, ils devaient franchir les montagnes Rocheuses. Ils savaient aussi que cette escalade n'était possible que s'ils se procuraient des chevaux auprès des Shoshones.

— Est-ce que je t'ai dit que Sacagawea était une Shoshone?

— Je pense que oui, mais je l'avais oublié.

— Elle avait passé son enfance dans la région des Rocheuses. Encore très jeune, elle avait été capturée par une tribu ennemie et traitée en esclave jusqu'au moment où Toussaint Charbonneau l'avait achetée pour en faire son épouse.

Très discrètement, je vérifiai si Limoilou ne tiquait pas sur le verbe «acheter». Elle leva les sourcils, mais ne fit aucun commentaire. Il valait mieux ne pas mentionner que Charbonneau était un homme rude et qu'elle recevait parfois des gifles. Je m'étendis plutôt sur le rôle qu'elle avait joué dans la recherche des Shoshones, la tribu qui faisait l'élevage des chevaux.

— Ils n'étaient pas là? s'inquiéta la fille.

— Non. Ils étaient partis à la chasse.

— Alors, qu'est-ce qu'elle a fait?

— Les explorateurs étaient bien énervés parce que, si on n'obtenait pas de chevaux, l'expédition devenait un échec. Heureusement, la Femme-Oiseau a reconnu les lieux que sa tribu fréquentait depuis toujours, et tout le monde a été rassuré.

— Ils ont écrit ça dans leur journal?

— Bien sûr. Attends un peu...

Je trouvai très vite ces quelques lignes :

Sur une haute plaine à notre droite, l'Indienne a reconnu un endroit qui, selon elle, ne serait pas très distant du séjour d'été de sa nation. Les siens nomment cette colline la Beaver's Head à cause de la ressemblance de sa forme avec la tête du castor.

— Qu'est-ce qui arrive ensuite?

— Ils ont hâte de voir les Shoshones pour leur acheter des chevaux, alors ils les cherchent partout. Ils cherchent également un endroit pour franchir les montagnes, je veux dire un sentier, un chemin, un...

— Un col?

Limoilou n'avait pas coutume de réagir autant à une lecture. Je devais avoir l'air très étonné, car elle me fit un sourire timide et, pour mon plus grand plaisir, elle frotta ses pieds contre les miens. En guise de remerciement, je lui lus un passage où la Femme-Oiseau retrouvait enfin la tribu de son enfance :

On envoya chercher Sacagawea. Elle vint, s'assit, et elle commençait à servir d'interprète quand elle poussa un cri : en Cameahwait elle venait de reconnaître son frère! Elle se releva d'un bond et courut l'embrasser en jetant sur lui sa couverture et en pleurant à chaudes larmes.

Les yeux de Limoilou se mirent à briller. Après m'être inquiété un moment, je compris qu'elle était simplement heureuse. Elle avait des traînées de lumière sur le visage. En sortant du chalet avec elle, j'étais content de moi, j'avais l'âme légère. J'aperçus Marine qui se promenait dans l'herbe de l'autre côté de l'étang, alors je la saluai de la main avant de m'asseoir dans la Mini Cooper. Quand elle me rendit mon salut, la grande serviette qui entourait ses épaules s'entrouvrit un instant.

Je gardai cette image en mémoire pour qu'elle me tienne compagnie sur le chemin du retour à Québec.

18

LE CÉLÈBRE MANUSCRIT

Quand ils ont choisi mon nom, mes parents avaient en tête une chanson de Félix Leclerc. Celle qui dit :

Francis, ton chapeau
A l'air d'une enveloppe de coco.

Chaque fois que je portais un couvre-chef, à l'école primaire de mon village, il y avait toujours un zouave pour me chanter cette chanson. Un attroupement se formait autour de nous et, la plupart du temps, j'étais obligé de me battre. Heureusement, ma sœur fréquentait la même école. Elle sautait la clôture qui séparait les filles des garçons, bousculait les spectateurs et mettait mon adversaire en fuite.

J'étais encore petit lorsque j'ai entendu des mots que je n'oublierai jamais. Comme toujours, aux vacances de Noël, la maison était pleine d'invités. Un soir, pendant que les adultes jouaient aux cartes, on m'avait envoyé au lit : ce n'était pas une heure pour les enfants. Je ne suis sûr de rien, peut-être que je rêvais, mais il me semble qu'un de mes oncles a laissé entendre que je n'avais pas été «désiré», que j'étais arrivé «par surprise». Certains mots restent collés au fond de notre mémoire.

Longtemps après, j'en ai parlé à ma sœur. Elle m'a dit que je ne pouvais pas trouver une meilleure raison de me tailler une place au soleil. C'est ce que j'ai essayé de faire. Si je n'ai pas réussi, au moins j'ai découvert ce que j'appelle ma «ligne de vie». Elle va tout de travers, elle oscille entre le rêve et la réalité, mais c'est la mienne. Pour la plupart des gens, la réalité est ce qui compte le plus. Ce n'est pas mon opinion. J'aime autant me fier à quelqu'un comme monsieur Jim Harrison, quand il écrit : «Seuls nos rêves donnent à la vie un minimum de cohérence.»

Depuis quelque temps, la réalité prenait trop de place dans mon existence. J'aidais mon frère à se concentrer sur son histoire. Mes séances de lecture avaient redonné le goût de vivre à la petite Limoilou. Le jeune Alex devait bientôt sortir de l'hôpital avec une valve cardiaque toute neuve. J'étais parvenu, en apparence tout au moins, à réveiller la fille qui se trouvait dans le coma à la suite d'un accident de moto. Et j'avais rendu service à un certain nombre de personnes que je n'ai pas mentionnées jusqu'ici : une jeune veuve, un homme diabétique et aveugle, une institutrice déprimée, un vieillard abandonné de tous, quelques enfants malades, des parents dont la fille était en fugue.

Comme j'avais bien travaillé, je méritais de me replonger dans le domaine du rêve, pour rétablir l'équilibre. Plusieurs possibilités s'offraient à moi. Je pouvais refaire le rêve du hockey ou bien entrer dans ceux du baseball ou du tennis.

Le rêve du baseball se déroulait au parc Jarry, à l'époque des Expos. J'intervenais pendant l'entraînement des frappeurs. Soudain, je prenais la place de l'un d'eux et je tapais des circuits à volonté. Le gérant Gene Mauch s'amenait. Quand il me demandait à quelle position je jouais sur le terrain, je répondais que j'étais lanceur. Il m'envoyait au monticule, et alors je lançais des balles avec des effets que personne n'avait jamais vus. Je retirais tous les frappeurs sur trois prises, y compris le meilleur d'entre eux, Rusty Staub, surnommé le Grand Orange.

Le rêve du tennis avait lieu à Wimbledon. C'était le matin, et mon idole, Pete Sampras, se réchauffait en compagnie d'Andre Agassi. Subitement, venant du sac de ce dernier, on entendait la sonnerie d'un portable. Agassi répondait, et on devinait à la douceur de sa voix que l'appel venait de sa blonde, Steffi Graf, celle qui jouait au tennis comme une danseuse. C'était une urgence, Agassi s'absentait quelques minutes, laissant sa raquette sur une chaise. J'entrais alors sur le court. Je prenais la raquette, je disputais un match à Sampras et je le battais 6 à 0.

Mes trois rêves – hockey, baseball, tennis – étaient comme de vieux compagnons, et je les aimais parce que je pouvais toujours en modifier la durée, remplacer un personnage par un autre, faire n'importe quel changement. Mais, cette fois, j'avais vraiment le goût de forger un nouvel espace de rêve. Je me couchai sur mon lit, dans la position du fœtus, et je fermai les yeux. Petit à petit, j'inventai l'histoire qui suit.

J'étais avec ma sœur. Nous arrivions à l'ancien musée de l'Amérique française, qui se trouve à l'entrée du Petit Séminaire, dans le Vieux-Québec. Ma montre indiquait 16 heures 55. Nous devions pousser la porte cinq minutes avant l'heure de la fermeture, tout se passait comme prévu. Ma sœur entrait la première et je lui emboîtais le pas. Les surveillants avaient quitté le musée, il ne restait plus que le préposé à l'accueil. Un jeune homme d'allure timide. Les clés étaient devant lui sur le comptoir.

Ma sœur s'avançait et, se penchant, se plaçait juste en face de lui. Elle avait déboutonné sa chemise, ses formes généreuses débordaient un peu, c'était notre plan. Le jeune homme faisait des efforts pour la regarder dans les yeux, mais il ne pouvait s'empêcher de battre des cils. Tout allait bien. Ma sœur disait qu'elle voulait seulement jeter un coup d'œil dans la première salle. Il regardait l'horloge, mais elle le prenait par la main et l'emmenait avec elle en lui murmurant des choses très douces. Pendant ce temps, je me servais des clés pour ouvrir la porte coulissante d'une vitrine qui contenait un coffret en métal. C'était l'objet de notre convoitise. Je m'en emparais, puis je remettais les clés sur le comptoir et sortais rapidement du musée.

Il était entendu que ma sœur allait se débrouiller pour que le préposé ne remarque pas la disparition du coffret. Nous allions le rapporter à la première heure le lendemain, après avoir photocopié, à l'intention du vieux Jack, les précieux documents qui s'y trouvaient. Nous voulions aider mon frère à terminer son roman sur l'Amérique française.

Dans mon rêve, le coffret contenait un trésor : le célèbre manuscrit de Louis

Jolliet. Le journal qu'il avait rédigé au retour de son grand voyage sur le Mississippi avec le père Marquette, et qu'il avait perdu à tout jamais en faisant naufrage dans les rapides de Lachine.

19

LES COULEURS DE L'AUTOMNE

En me rendant au chalet, ce jour-là, je ne savais pas à quoi m'attendre. C'est Marine qui m'avait invité. Il ne pouvait pas s'agir d'une lecture à Limoilou : nous étions au milieu de la semaine. J'étais intrigué, mais aussi très heureux à l'idée de revoir la belle rousse, dont l'image m'obsédait depuis ma dernière visite.

Les deux filles m'attendaient sur le perron. Elles avaient chacune un chat sur les genoux. Limoilou était en jean avec un chandail à capuchon, et Marine portait une jupe et un col roulé aux couleurs de l'automne. En cette fin de matinée, l'air était encore frais. Une petite fumée grise sortait de la cheminée.

Les chats s'enfuirent en apercevant la Mini Cooper. Quand les filles se levèrent pour m'accueillir, je devinai qu'il se préparait quelque chose d'inhabituel. C'était la première fois que je voyais Marine en jupe. Je ne me sentais pas très à l'aise. Dans le vestiaire des Canadiens,

Henri Richard gardait les yeux fixés au sol.

— Ne t'inquiète pas, dit Marine.

J'allais répondre que je n'étais pas inquiet du tout, mais Limoilou me souriait avec une telle candeur que je m'arrêtai juste à temps. Les filles m'embrassèrent à tour de rôle, puis m'invitèrent à entrer. La table du solarium était recouverte d'une nappe à carreaux bleus sur laquelle je vis toutes sortes de hors-d'œuvre, des sandwiches découpés en triangle et un grand bol de salade au jambon et aux fruits. Pour ne pas faire les choses comme tout le monde, je m'abstins de poser la question traditionnelle : «Qu'est-ce qui me vaut l'honneur?» Pendant le repas, je fus l'objet de multiples attentions et je compris qu'on voulait me remercier pour mes séances de lecture. La gentillesse des filles me réchauffait le cœur, d'autant plus qu'elles n'arrêtaient pas de remplir mon verre de rosé.

Mes idées s'embrouillaient.

On se moqua doucement de moi lorsque je marmonnai que je tenais beaucoup à faire la vaisselle. Les yeux verts de Marine s'accrochaient aux miens et m'enveloppaient de leur chaleur. J'étais fasciné, mais incapable de dire avec précision ce qu'elle avait en tête.

Tout à coup, Limoilou se leva et déclara qu'elle allait faire un tour. Elle voulait descendre le sentier tortueux menant au bord du fleuve et passer un moment avec les chevaux de course à la retraite. Comme elle avait des tas de choses à leur conter, son absence risquait de se prolonger jusqu'à la fin de l'après-midi.

Marine proposa du café. La tête me tournait et j'acceptai avec reconnaissance. Je la suivis d'un pas mal assuré dans la cuisine. Le café était fort. J'en bus deux tasses, mais ce ne fut pas suffisant pour me dégriser. Elle me prit alors par la main et, me conduisant dans sa chambre, elle me fit allonger sur son lit. J'étais quelque peu surpris. C'était difficile de ne pas songer aux invitations faites par les Indiennes de la tribu des Mandans. Quand elle se pencha vers moi pour m'enlever mes chaussures, sa longue chevelure déboula sur mes jambes. À travers les brumes de mon cerveau, je me rendis compte que cette fille de mon âge m'attirait depuis toujours. Je n'avais pas osé le reconnaître : d'abord c'était l'amie de mon frère, et puis elle avait un caractère emporté qui me faisait peur.

Quand elle allongea le bras pour redresser l'oreiller, je pris sa main. Je l'effleurai avec mes lèvres comme on le faisait dans les temps anciens. Il me semblait que ses yeux me disaient des mots doux. Je tirai légèrement sur son bras et, en même temps, je m'écartai pour lui faire une place dans le lit. Elle se coucha près de moi.

— Bonjour, le petit frère! dit-elle sur un ton enjoué.

— Bonjour!

Elle se mit sur le côté, les jambes fléchies, et repoussa ses cheveux dans son dos. Ensuite elle plaça une main entre ses genoux, retroussant sa jupe, et glissa l'autre sous l'oreiller.

— Qui es-tu? demanda-t-elle, sans changer de ton.

— Je ne sais pas exactement.

— C'est à cause du rosé?

— Oui, mais pas seulement.

Il y avait une patience infinie dans ses yeux, alors je tentai pendant quelques minutes de m'éclaircir les idées. Mes efforts n'aboutirent à rien. À la fin, elle proposa:

— As-tu le goût de me dire à quoi tu penses?

— Je peux essayer, dis-je.

Elle ferma les yeux à moitié et puis, retirant sa main de sous l'oreiller, elle la plaça avec celle qui était entre ses genoux. Ce geste retroussa sa jupe un peu plus haut, mais je fis comme si je n'avais rien vu.

— L'invitation, c'était à cause de mes lectures?

— Bien sûr.

— C'est très gentil. Mais tu sais, il est arrivé une chose imprévue.

— Ah oui?

— Tu m'avais dit que la lecture était une forme de thérapie. T'en souviens-tu? C'était au début de l'été.

— Je m'en souviens. Et alors?

— Eh bien, on dirait que la thérapie a marché dans les deux sens. Limoilou a changé, mais elle n'est pas la seule : j'ai changé moi aussi.

Marine libéra sa main droite, me caressa la joue et le dessous du menton, puis elle la remit entre ses genoux.

— Tu as changé de quelle façon?

— C'est difficile à dire. Et je ne sais pas du tout par où commencer.

— Dis la première chose qui te vient à l'esprit.

— O.K... C'est comme s'il y avait plusieurs personnes en moi!

— Plusieurs personnes?

Dans ma tête, les brumes se dissipaient. Je fis un effort pour réfléchir.

— Non, je me suis mal exprimé. Je voulais dire : tous ceux dont j'ai parlé dans mes lectures font maintenant partie de moi. Tu comprends?

— Je pense que oui.

À mon tour, je lui caressai la joue, aussi délicatement que possible. Elle ferma les yeux. Je tentai de poursuivre l'explication, mais mon cœur battait trop vite et les phrases sortaient en désordre. Pourtant, je ne songeais pas à des choses tellement compliquées. Je pensais à Charbonneau, Drouillard, Cruzatte, et à tous les autres, les obscurs et les sans-grade; aux grands explorateurs, Jolliet, La Salle et La Vérendrye; et même à mon père, qui était capable de bâtir une maison. À propos de tous ces gens-là, je voulais dire qu'un peu de leur sang, mélangé à du sang indien, coulait dans mes veines. J'avais tardé à m'en rendre compte. C'étaient les séances de lecture qui avaient déclenché ma prise de conscience.

Marine se mit à me regarder attentivement et je voyais bien qu'elle cherchait à lire dans mes pensées. J'attendais un commentaire, mais elle glissa plutôt une main sous mon chandail de laine. Elle essayait peut-être de me dire qu'il était préférable de recourir aux gestes plutôt qu'aux mots pour résoudre certaines questions. Je partageais son avis, surtout que sa main était bien chaude, mais il fallait que je parle un peu de Jack parce que j'avais le sentiment de prendre sa place.

— Ne te casse pas la tête, dit-elle. Je me suis entendue avec lui.

— Merci beaucoup, dis-je simplement.

— De rien.

— Je peux dire encore deux ou trois petites choses ?

— Bien sûr.

— Jack a presque fini son livre. Il a trouvé un titre : *L'anglais n'est pas une langue magique.* C'est une phrase que j'avais prononcée devant lui.

— Drôle de titre pour un roman...

— C'est ce que je lui ai dit. Il a répondu que la langue magique était le français, qu'il le montrait dans son livre et que moi-même j'en avais fait la preuve avec mes séances de lecture.

Marine ne répondit rien. Sa main descendait vers mon ventre en faisant de petits détours. Je dis encore :

— Tant qu'il n'aura pas fini son livre, ma sœur et moi, on va s'occuper de lui. Voilà, c'est tout. Non, une dernière chose... Jack n'est pas très content de son roman. Il se reproche d'avoir utilisé un ouvrage écrit en *anglais*, le journal de Lewis et Clark, pour montrer la place que le *français* occupait en Amérique... Bon, cette fois je n'ai plus rien à dire.

Elle me fit un sourire très doux en me regardant tranquillement, comme si nous avions toute la journée devant nous. Au bout d'un long moment, elle approcha son visage et m'embrassa sur la bouche. À mon tour, je glissai mes mains sous son chandail. Sa poitrine était libre, chaude et ferme. Elle ronronna comme un chat. Puis elle fit passer mon chandail par-dessus ma tête. Je lui rendis la pareille, avec prudence à cause du col roulé, et en posant mes lèvres sur tous les espaces que je me trouvais à découvrir.

Il n'y avait pas d'agressivité dans ce que nous faisions, seulement des caresses et des fous rires. Marine était plus douce que je ne l'avais pensé. Elle m'enleva tous mes vêtements, et je lui retirai les siens. Et le reste arriva tout seul ou presque, comme si j'étais poussé par les gens qui étaient venus avant moi, mon père et tous les autres. Je pris même l'initiative de ralentir mes gestes parce que j'avais le goût que le plaisir ne s'arrête jamais.

À la fin, je n'étais pas sûr d'être encore un petit frère.

20

LA PETITE LISEUSE

Limoilou était avec moi dans la Mini Cooper.

Nous emportions une partie de ses bagages et un sac de plastique contenant des livres. Elle s'était retournée plusieurs fois vers le chalet pendant que l'auto grimpait le chemin de terre menant à la route principale. Je pensais à la chanson de Léo Ferré, *Si tu t'en vas*.

Nous roulions sur le Chemin Royal en direction de Québec. C'était l'été des Indiens. Je conduisais lentement pour donner le temps à Limoilou de voir les endroits que j'aimais le plus. Le paisible cimetière où les gens déposaient des souliers sur la tombe de Félix Leclerc. Une maison ancestrale au toit de bardeaux et aux fenêtres bleues, *L'isle de Bacchus*, qui se cachait dans les arbres comme par humilité. Le pont de l'île qui s'ouvrait à la manière d'un rideau de scène devant la grande chute Montmorency.

Sur l'autoroute Dufferin, j'empruntai la voie la plus lente.

Les battures étaient couvertes d'oies sauvages. Limoilou avait replié ses jambes sous elle et se balançait d'avant en arrière. Ses yeux brillaient et elle tournait la tête à gauche pour admirer le fleuve, puis à droite pour regarder les gens qui pédalaient sur la piste cyclable. Au loin se profilaient l'imposante silhouette du Château Frontenac, la tour du Parlement et les hôtels de luxe du centre-ville.

Je fis attention de ne pas lui frôler le genou en maniant le levier de vitesses pour virer à droite sur d'Aiguillon. Deux intersections plus loin, nous étions devant le garage de la Tour du Faubourg.

Au moment d'ouvrir la porte avec ma clé, je me retournai pour voir si la Shadow de Bogie se trouvait aux alentours. Elle n'était pas là. Depuis l'intervention de ma sœur, la Police montée me laissait tranquille. Peut-être que l'enquête avait été abandonnée parce que la mystérieuse femme, comme dans mon rêve nocturne, était retournée sur le Vieux Continent.

Après avoir garé la Mini à la place qui m'était réservée, je sortis du coffre les bagages de Limoilou et son sac de livres. Nous montâmes au premier étage. Son petit appartement lui plut tout de suite, et une partie de mes craintes s'envolèrent. Au lieu de déballer ses affaires, elle déclara qu'elle voulait d'abord s'occuper des livres. Alors je pris le sac de plastique, sur lequel on voyait le logo de la librairie Vaugeois, et nous quittâmes l'appartement. Au rez-de-chaussée, je vérifiai discrètement si la clé de l'immeuble se trouvait bien dans ma poche. Nous sortîmes par la porte qui donnait sur la rue Saint-Jean.

Limoilou se mit à hésiter sur la direction à prendre. Pour lui laisser le temps de réfléchir, je jetai un coup d'œil aux livres. Il y en avait quatre. Au bout d'un moment, elle m'entraîna vers la gauche. En face de la pharmacie, elle traversa la rue et je la suivis dans le cimetière de l'ancienne église St. Matthew. Je m'assis sur un banc, les livres à côté de moi, pendant qu'elle déambulait entre les tombes.

Nous étions dans un endroit ambigu. Le cimetière avait été converti en un jardin public où les gens venaient se reposer et même casser la croûte à midi, mais il y avait partout des monuments funéraires, debout ou couchés, sur lesquels on pouvait lire des noms et des dates. Et comment pouvais-je oublier que la mère et la grand-mère irlandaises de Marine avaient été ensevelies derrière l'église, dans le coin le plus retiré ?

Il n'était que dix heures du matin. Le soleil avait du mal à percer le feuillage rouillé des grands chênes. Nous n'étions pas seuls dans le cimetière : un groupe de punks, deux gars et une fille, jouaient avec un pit-bull. Ils portaient des vêtements noirs bardés de pièces métalliques. Je craignais que la présence de ces jeunes gens ne rappelle à Limoilou des épisodes douloureux de son passé, mais il n'en fut rien. Elle vint me trouver sans même les regarder. Peut-être que j'avais un côté mère poule.

Après avoir étalé les livres sur mon banc, elle choisit *L'appel de la forêt*, de monsieur Jack London.

Je la vis marcher tout droit vers une statue en bronze qui se trouvait dans une encoignure de l'ancienne église. C'était une sculpture de Lewis Pagé qui s'appelait *La petite liseuse*. Elle représentait une jeune fille assise en tailleur et penchée en avant : toute son attention était concentrée sur un livre qu'elle tenait à deux mains. Curieusement, la forme de ce livre était à peine ébauchée. On aurait dit une boîte. Limoilou plaça le roman de London dans ce réceptacle.

— Ça peut réchauffer le cœur de quelqu'un, dit-elle en revenant vers moi.

Je pensais qu'elle allait dire pourquoi elle avait choisi ce livre, mais elle se dirigea en silence vers l'escalier donnant sur la rue Saint-Joachim. Dans mes souvenirs, Jack London racontait l'histoire d'un chien qui était maltraité par des chercheurs d'or, au Yukon, et qui finissait par retrouver sa liberté : c'est tout ce que je me rappelais.

Limoilou tourna à gauche dans la ruelle des Augustines, puis à droite sur Saint-Patrick. Son petit sourire me disait qu'elle n'allait pas au hasard. Elle s'arrêta devant un terrain pour les jeunes enfants, à l'angle de la rue Scott. On y trouvait des jeux en polyéthylène de toutes les couleurs : des glissades, des échelles, des balançoires.

Elle s'assit au bord du trottoir. Je pris place à ses côtés et, sortant les livres, je les disposai entre nous deux. Sans hésiter, elle choisit *La route d'Altamont*, un recueil de nouvelles de madame Gabrielle Roy.

Cette fois, je demandai :

— C'est à cause de la petite fille dont il est question dans «Le vieillard et l'enfant»? Celle qui veut voir le lac Winnipeg?

— Mais oui.

Elle se leva, poussa un portillon de métal noir et entra dans le terrain de jeux. J'avais lu et relu cette nouvelle. L'héroïne avait huit ou dix ans. Elle recherchait la compagnie d'un vieil homme qui était souvent assis sous un arbre à cause de la chaleur. Quand il parlait du lac Winnipeg à la fillette, le vieux disait : «On ne voit pas d'un bord à l'autre.» Un jour, ils prenaient le train tous les deux pour aller voir cette grande étendue d'eau, et le voyage était si bien raconté qu'à la fin, le lac devenait le symbole du bonheur.

Limoilou posa le livre au sommet de la plus haute glissade. Ensuite nous descendîmes la rue Scott, qui était très à pic. Au moment où nous tournions à droite sur Saint-Jean, l'autobus n° 7 surgit en vrombissant et s'arrêta plus loin dans un grincement de freins. D'instinct, Limoilou s'était collée contre moi, la tête rentrée dans les épaules.

— Il va falloir que je me réhabitue aux bruits, dit-elle.

— Tu vas y arriver, dis-je. Ce ne sera pas difficile.

— Merci. C'est très gentil.

Elle se mit à sourire. Sa confiance revenait.

— Je suis contente d'être en ville.

L'appartement que nous lui avions trouvé, Marine et moi, au premier étage de la Tour, n'avait qu'une pièce et demie. Plus tard, nous allions chercher avec elle un logis plus confortable dans le quartier, et sans doute un travail à mi-temps.

— C'est certain que je vais m'ennuyer de Marine, dit-elle.

— Moi aussi, murmurai-je.

— Et je vais m'ennuyer de mon chat.

— On ira les voir quand tu voudras.

Il y avait une lueur dans ses yeux, tout allait bien. Le ciel était bleu foncé, il faisait de plus en plus chaud, alors elle enleva son chandail et le noua autour de sa taille. Ses cicatrices aux poignets étaient moins visibles qu'avant. Elle se remit en marche, et s'arrêta presque tout de suite.

Nous étions devant le magasin Le copiste du faubourg. C'était la papeterie où le vieux Jack se procurait tout ce dont il avait besoin pour écrire. La maison avait un joli toit à lucarnes, d'un bleu pâle qui s'étendait à l'encadrement des vitrines. Celles-ci contenaient des stylos, des plumes, des agrafeuses, ainsi que toutes sortes de cahiers, de carnets, de calepins. Il s'en dégageait une impression d'intimité, presque de solitude. On pensait à quelqu'un en train d'écrire dans un coin de sa chambre.

Il ne restait que deux livres dans mon sac. Limoilou opta pour *Salut Galarneau*, de monsieur Jacques Godbout. J'aimais bien ce roman parce qu'il avait un style. En plus, il semblait avoir été écrit spécialement pour moi : le narrateur s'appelait François, et son frère Jacques, un écrivain, habitait en haut d'une tour.

Limoilou plaça le livre sur la dernière des quatre marches de l'entrée, en position debout, appuyé contre la vitrine de droite. Elle voulait éviter qu'un client ne trébuche en sortant de la papeterie. L'air satisfaite, elle me prit le bras pour retraverser la rue Saint-Jean au milieu de la circulation. Ensuite elle tourna à gauche sur Sainte-Marie, qui descendait vers la basse-ville. Quelques instants plus tard, sa main se fit plus lourde, son visage se rembrunit. Il n'était pas nécessaire d'être un grand psychologue pour comprendre ce qui se passait : nous entrions dans le secteur où elle avait vécu ses expériences les plus pénibles.

— Est-ce que ça va? demandai-je.

— Oui, dit-elle. Ne t'inquiète pas.

C'était elle qui me rassurait à présent. J'avais un peu honte, mais je me souvenais trop bien de tout ce que Marine et Jack m'avaient raconté : la tentative de suicide, la sirène d'une ambulance, les visites à l'Hôtel-Dieu, la convalescence.

Je fis un effort pour chasser les vieilles images.

Nous étions au coin de Richelieu.

— On arrive! dit-elle pour m'encourager.

Elle se dirigea vers un parc de petite dimension qui était adjacent au stationnement du magasin de chaussures Blanchet. Il comprenait en tout et pour tout quelques bancs disposés autour d'une grappe de bouleaux. À sa connaissance, c'était un des rares endroits du quartier où l'on trouvait des arbres. Je lui remis le dernier livre : *Lumière des oiseaux,* de monsieur Pierre Morency. Sur la couverture, on voyait un Grand Héron avec son long bec jaune, son œil fixe et l'aigrette noire qui flottait derrière son cou replié.

Limoilou plaça le livre sur un banc, puis se retourna vers moi.

— Voilà, c'est tout, dit-elle. J'ai fait ce que je voulais faire. Merci d'être venu avec moi.

Se haussant sur la pointe des pieds, elle m'embrassa sur la joue. Ensuite elle prit de nouveau mon bras et déclara qu'elle avait hâte de s'installer dans son appartement. Nous regagnâmes la Tour du Faubourg. J'étais à la fois heureux de voir que tout allait bien, et inquiet parce que je me demandais si j'aurais la patience de m'occuper d'elle. Compter sur Jack n'était guère possible : insatisfait du roman qu'il venait de terminer, il en avait commencé un autre, dont il ne voulait rien dire pour l'instant.

Une chose pourtant me rassurait. Marine, très attachée à Limoilou, allait venir à Québec plus souvent. Je connaissais un petit frère qui avait hâte de la serrer dans ses bras. Il en rêvait le jour et la nuit.

Lorsqu'enfin je rentrai chez moi, après avoir aidé Limoilou à s'installer, je vis qu'il y avait un message sur le répondeur. Ma journée avait été fertile en émotions, alors je me rendis d'abord à la cuisine. En préparant du café, mon imagination partit à la dérive. Était-ce mon frère qui se posait déjà des questions sur son nouveau roman?... La belle Irlandaise qui demandait des nouvelles?... Une autre mystérieuse femme qui me proposait un rendez-vous?

TABLE

CRÉDITS

OUVRAGE RÉALISÉ PAR
LUC JACQUES, TYPOGRAPHE
ACHEVÉ D'IMPRIMER
EN FÉVRIER 2009
SUR LES PRESSES
DES IMPRIMERIES TRANSCONTINENTAL
POUR LE COMPTE DE
LEMÉAC ÉDITEUR, MONTRÉAL

DÉPÔT LÉGAL
1re ÉDITION : 1er TRIMESTRE 2009
(ÉD. 01 / IMP. 01)